若葉香る——寛解のとき

◆バセドウ病といわれた日から

山内泰介

現代書林

はじめに

十年ほど前だったか、高校の同期会で久しぶりに会った友人が、大手出版社に勤めていると聞き、ふと思い立って、「本ってどうやったら出版できるの?」と尋ねたことがある。都内の大学病院勤務から甲状腺専門病院を経て独立開業し、十五年あまり。地域密着型クリニックとして一般診療も併せて行っていたが、甲状腺疾患の治療一本でやっていきたいという志は断ちがたく、そろそろ専門外来のクリニックを開設しようと準備を始めていたころのことである。

確か、「うちの会社は、医学書は扱っていないんだ」というのが、そのときの友人の答えだったと思う。おそらく自分の説明の仕方がうまくなかったのだろう。なんとなく〈そういう本じゃないんだけどな〉という思いだけが残って、そのまま忘れてしまっていた。

それが、ある出合いから、現代書林との付き合いが始まり、二〇一七年の『症例解説でよくわかる甲状腺の病気』を皮切りに、この小説と合わせて、ジャンルの違う書籍を三冊出版したことになる。文章を書くことは苦ではないが、解説本から絵本、そして小説と、思えば、あのときの何気ない問いかけが、こうして形となって実現したのだから、分からないものである。

大学院生時代、内分泌の研究に本格的に取り組み、その魅力にハマってから、甲状腺治療一筋に歩いてきた。そのあたりの経緯、また甲状腺への想いについては、この本を読んでいただければ、登場するある人物にそっくり投影されていることを、すぐにお分かりいただけるだろう。彼とは少し進路が違うものの、それまでのクリニックを閉じて、念願の甲状腺専門外来クリニックを再オープンし、早や七年が経った。甲状腺疾患の患者は増加傾向にあり、潜在人口を含めると一〇〇〇万人にも上るといわれ、社会の関心も高まりつつある。にもかかわらず、専門科を掲げるクリニックは極めて少なく、学会の認定専門医の数も、国内でわずか六百六十名ほどである。

本書では甲状腺機能亢進症（バセドウ病）の女性をモデルにしたが、同様に甲状腺機能低下症の場合も、通常は、大学病院や総合病院の検査で診断を受け、治療を開始するのが一般的である。しかし多くの場合、完治は難しく、治療は長期にわたるだけに、大規模病院よりも、むしろ長く伴走する専門医の存在がとても重要だと考える。また、病気があっても、適切な治療までこぎ着けずに、長い間、さまざまな症状に悩まされる人も少なくない。一人でも多くの人が、甲状腺と甲状腺疾患への理解を深め、病気になっても憂うことなく日常生活を送ることができるよう、今回、敢えて小説という形をとらせていただくことにした。

これは、甲状腺の病気を患った女性の成長と、その家族を描いた物語である。甲状腺は、人の、とりわけ女性の生涯にとって、その時々に大きな影響を与える臓器の一つといえる。日々の営みの中で、この小さな、チョウチョのような形の臓器の存在に心を留め、自身の体を穏やかに見つめ直すことができれば、より健やかで、豊かな生活を獲得することができるはず。そんな願いを込めて、本書をつくった。

同じ病気で悩む人だけでなく、年齢を問わずできるだけ多くの女性たち、そして、その家族や周囲の人たちに、気軽に手にとっていただければ幸いである。十年前、私の脳裏にうっすらと浮かんだ本は、たぶんこういうものだったのだと思う。

二〇一九年三月

山内泰介

目次

第一章 兆候

坂道から見下ろすと、小学校の桜は五分咲きといったところだ。春休みに入った校庭には誰もいない。温暖化のせいで近ごろは開花も早く、この分だと今年も、入学式にはもう葉桜だ。三月半ばの卒業式にはわずかに間に合わず、それからいくら慌てて咲き誇っても、満開の己の下で大いにはしゃぐ子どもの姿も、散り際を惜しんで見上げる大人たちの顔を見る機会もぐんと減ったとなれば、桜もさぞかし心許ないだろう。

〈桜も気の毒なもんだな〉

上り坂の途中で息をつきながら、瀬戸《せと》壮一郎《そういちろう》は妙に桜に同情したりする。

長女の若葉《わかば》の入学式のときは、確かに満開だった。薄曇りの空に淡い花びらの色が映えて、新一年生の本人はうれしそうに顔を紅潮させ、確かおむつが取れたばかりだった孝太郎《こうたろう》も、おぼつかない足で走り回っていたが、それ以上に母親の綾子《あやこ》は誇らしげだった。なにしろ、その景色をベランダから見るのが楽しみで、高台に家を建てるのを強硬に決めたのが彼女だったんだから。

〈おまえはいいよ。けど、俺はこれから年取るばっかりだ…〉

瀬戸家は最寄り駅から歩いても十七、八分ほどだが、小高い山を切り拓いた分譲地だから、ずっと緩やかな上りカーブが続く。近道を選ぶと、やや長めの階段もある。若いうちはさっさと上っていたものだが、最近はちょっと息切れがする。やばいやばい。たまのゴルフの打ちっ放しぐらいでは、運動不足の解消にはならないか。

　壮一郎は、ふた駅先の仕事場まで、普段は車で通っている。土曜日のきょうは、姉の若葉の買い物の荷物運びを命じられた孝太郎が、車を貸せと泣き付いたので、やむなく提供したのだ。クリニックも半ドンだし、陽気もいいしで、たまには散歩しながら帰るかと魔が差したのが、きょうのこのていたらくである。

　そういえば、若葉も最近、この坂道がきついといい出した。高校のころまではモノともせずに、自転車の立ちこぎでスイスイ上って帰ってきたのに、いまは家までたどり着くとやたら息が荒い。「疲れたぁ～。もうヤだぁ～」と倒れ込み、「おばさんみてぇ」と、弟にからかわれ、あげく、「もうー、なんでお母さん、こんな高いところに家、建てたんだろ。だから早死にしたんだよ！」と、いつになく悪態をつく。まあ、建てたのは俺だけど。

　それにしても、このところの娘は、ずいぶんイライラしている。きょうあたりは弟を従えて、新居用の買い物でもしているから、機嫌もそう悪くはないかもしれないが、よくいうマリッジブルーというやつだろうか。

　テレビでセンバツ高校野球を観戦しているうちに、リビングのソファでついウトウトしていたらしい。玄関を騒々しく開ける音で目が覚めた。春の宵もとっぷり暮れたころ、ようやく姉弟が帰ってきたのだ。「何で待てないのよ！」「ちゃんと待ってただろー」とかなんとか、激しい言葉の応酬。いつもの姉弟げんかだ。

「もうー、こいつ、全然役に立たないッ、徹《とおる》さんより悪い」

と、部屋に入るなり若葉が壮一郎に訴える。

「けっ、徹さんよりよかったらヤバイじゃんか」

「徹さん」とは、若葉の婚約者のことだ。二人は大学の先輩後輩の間柄。在学時代から五年あまりの交際を経て、半年後に挙式の予定である。きょうも本当はデートのはずだったが、急きょ彼に仕事が入り、ヒマそうな弟にお鉢が回ってきたのである。それもご機嫌斜めの原因か。

しかし、〈こんな光景もあと少しで見られなくなるんだな〉。壮一郎がふと感慨にふけると、

「お父さんッ、また靴下、脱ぎっぱなし！」

途端にこっちへトバッチリだ。孝太郎が目を合わせ、「ほらみろ」の顔でほくそえむ。だが、ブツブツ小言をいいながら、夕飯のしたくを始める若葉を横目に、ソファのほうに近付いてくると、急に真面目な顔になり、耳打ちした。

「ちょっと、姉貴、おかしくね？」

「ん？　何が？」

その後は若葉も機嫌を直し、三人で夕食のテーブルを囲む。ほとんどがデパートの惣菜を皿に移しただけのものだが、サラダの下にレタスを敷いたり、角煮を深鉢に入れて白髪ネギやカ

イワレをあしらったりと、盛り付けを一つ工夫するだけで見栄えが違う。短時間で手際よく料理を仕上げる腕は母親譲りだ。

　大皿の食材がみるみる片付いていく。食べ盛りの息子はともかく、若葉も体格のわりに食欲旺盛だ。会話のイニシアチブは当然、一家で唯一の女子に握られ、弟はそれに間髪入れずツッコミを入れる。父親はもっぱら聞き役に徹し、姉弟の軽妙なやり取りをただ楽しむ。ここに綾子がいたら、どんなふうに話が広がっていくんだろう。三人で食事をする機会も、あと何回あるだろうか。壮一郎がまた、いつになく感傷的な気分になったところで、すかさず、

「あーあ、男所帯でこの家、大丈夫かな。やもめが二人、想像するだけで気が滅入るわぁ」

と、嫁ぐ娘はおおげさに嘆いてみせる。このところのわが家のパターンだ。

「二人ともちゃんとやってね。お母さんが大好きだった家なんだから。料理も少しは覚えなきゃね。孝ちゃんもそのほうが女の子にモテるよ」

　いつものしっかり者の長女の顔で諭され、男二人のさっきの話は途切れたままになった。

　坂の上のわが家から、駅でいうと二つ目。駅前の商店街を抜けたビルの一角にある瀬戸整形外科が、壮一郎の仕事場である。開業して足かけ二十年。最初は同じビルの上階に家族で住んでいたが、経営もやや安定し、二人目の子も生まれたのを機に、その部屋をリハビリ室に改装

することに決め、あの高台の家に転居したのだ。妻の綾子が乳がんと診断されたのは、それから五年後のことである。そして三年余り、一時は快復したが、肺への転移が見つかり、闘病も空しく旅立った。享年四十一歳。長女の若葉は中学一年生、四歳下の長男孝太郎は、まだ小学三年生だった。

あれから十二年。昨年の秋に十三回忌を済ませたところだ。男手一つでというと聞こえはいいが、その間、比較的近くに住む自分の両親をはじめ、妻の母親や多くの知人、友人に助けられて、なんとかここまで来た。

なにより、最も多感な時期に母を亡くした娘の若葉が、最初から一家の屋台骨を背負ってくれたようなものだ。正直いって、妻を亡くしたばかりの男など、その段になると使いものにならない。医者だろうがなんだろうが、ただオロオロするか、ボンヤリするかだけだ。そんな父親を見れば、おのずと気を引き締めたのだろう。自分の想いは横に置き、ともかく目の前の雑事を、十三歳の若さで、もののみごとにこなしてくれた。葬儀のために、弟の礼服を、近くの量販店で調達したのも若葉だ。母親の死期が近いことを、二人の子にそれとなく伝えたのは壮一郎だったが、若葉はその母本人から、とっくに告げられていたらしい。入学式のときのブレザーは当然もう着られないから、孝太郎のために、濃紺の上下とワイシャツを揃えてあげて。中学の制服を着るまで使えるように、少し大きめのサイズでね…。

母親とは、女性とは、そういうものか。いま思い返しても、壮一郎は、妻と、その娘の度量の深さに畏怖の念さえ覚える。たぶんそのときに、姉の口から薄々現状を聞かされたであろう孝太郎の、試着室でめそめそする姿も、同じ男だから容易に想像がつく。われわれ二人がいまだ彼女に頭が上がらないのも無理もないのである。

春休みのバイト帰りに、孝太郎が珍しくクリニックに立ち寄ったのは、一週間ばかり後の夕方のことだった。診療時間も終わり、壮一郎がパソコンに向かって事務処理をしていると、ひょっこり診察室に顔を出したのである。

「なんだ。珍しいな」

「うん、これから地元の飲み会」

「そうか」

それっきり会話は続かないが、用事がなければここに来るはずがない。

「なんだ、金欠か？　学生がそんな派手な飲み会か」

「ないない。姉ちゃんのことだよ」

先日の話の続きらしい。壮一郎も少し気にはなっていたが、こっちから水を向けるのは、なんとなく気が引けていた。

「ちょっとさぁ、うざくね？」

「うざいのはいつもだろう」

「そうじゃないよ。なんかこう、いっつもイラついてるし、すぐキレるし」

二人で買い物に行ったときも、急にテンションが上がって、店から店へ小走りに回っていたかと思うと、疲れたといってベンチにうずくまったり、さすがの弟も、いつものように悠長に対応しきれず、かなり手こずったという。

「疲れやすいといってるのは確かだな。まあ、いろいろ忙しいんだろうけどな」

押し黙って二人、思案にくれる。

「やっぱ、マリッジブルーってやつかな」

孝太郎も同じことをいう。男の想像力など、せいぜいこの程度だ。

「姉ちゃん、結婚前に健康診断とかやらないの？」

「ああ、来月会社であるからとかいってたな」

「それじゃなくってさぁ、結婚前にちゃんと検診とかしといたほうがいいっていうじゃん」

「ん？　おまえ、変なこと知ってるな」

「それくらい常識だろ。親父がウトすぎるんだよ。血液検査ぐらい、ここでできるんだろ？」

恐る恐るその話を持ちかけると、思いがけず若葉も「受ける」と即答した。自分自身も薄々、体の不調を感じていたらしい。挙式を控えて、いろいろとストレスが重なっているのは確かだが、とにかく疲れやすい、集中できないという。あまり詳しくは話さないが、それ以外にも、父親にはいいにくい理由があるようだ。

「本当は、心療内科にでも行ってみようかと思ってたの。でも、それこそみんなが心配するでしょ」

その言葉を聞いて、壮一郎は自分の迂闊さに言葉もない。

「でも、お父さんのところで調べてもらえるならそれがいいや。検査の結果、何もなければ安心だもんね」

相変わらず帰宅時間がバラバラの孝太郎を、夜中にやっとつかまえて、意気揚々とそのことを報告すると、息子は案に反して、「そうか…」と神妙な面持ちである。

「姉ちゃん、自分でも気が付いてたんだ…」

心療内科と聞いて、さらに深刻な顔になる。

「そんなに悩んでたのか…」

壮一郎がいささか自責の念に駆られて、

「でもまあ、数値に問題なければいいわけだからな」

と取り繕うと、意外な言葉が返ってきた。

「親父さ、一度、うっちーに相談してみれば？」

ええ⁉　うっちー⁉

うっちーとは、壮一郎の医大生時代の同級生、内田泰蔵《うちだたいぞう》のことである。入学当初から妙に気が合い、選んだ科は違っても、いまも家族ぐるみで付き合いがある。しかし、

「なんで内田？　徹君じゃないのか」

「徹？　ありゃダメだよ。親父以上に女心が分かんないからさ」

だからといって、内田に女心が分かるとは思えないが…。

「いよいよ若葉も結婚かぁ。あーあ、独身は私一人になっちゃうなぁ」

梅雨の合間の日曜日、久しぶりに高校時代の三人組が集合した。招集をかけるのは、いつも若葉の役目だ。付属高の三年のとき初めて同じクラスになったのだが、妙に気が合って、大学の学部もサークルも違うのに、いまも付き合いが続いている。とはいえ、社会人になってからは、卒業後すぐに結婚したカスミも、化粧品メーカーに勤めるエリコも何かと忙しく、毎日のように顔を合わせていたころとは違って、月に一度会うのがやっとだ。きょうは、結婚式の司会を頼んだエリコとの打ち合わせを兼ねて、日曜なら夫に子どもを預けられるからと、カスミも参戦することになったのである。

女三人のおしゃべりは、放っておけば果てしなく続く。きょうもカスミがあまり遅くなれな

いからと、早めにランチの時間を設定したのに、そろそろ夕食時に近付いている。何か軽く食べて帰ろうということになり、二軒目に入った店で、次から次に注文する若葉に、ほかの二人は目を丸くする。

「そんなに入る？」

「私、まだあんまりお腹すいてないけど」

「たぶん平気。余ったら私が片付けます」

「おお！　頼もしい」

「けど、若葉、全然太らないよね」

「いや、昔は丸かったよ」

「そうそう…」

それからまた、しばらくは昔話に花が咲く。

「けど、最近、やたらとお腹がすくのよね」

「私も妊娠中はそうだった」

「えっ、それじゃ、若葉も？」

「まさかぁ！」

若葉がエリコの肩をつつく。そんなしぐさも女学生のころのままだ。

「食べても太らないなんて、羨ましいなぁ」

「美味しいものならいいよ。私なんか、子どもの食べ残しでこんな。中性脂肪がヤバいー」

ひとしきり笑い合ったころに料理が運ばれてきて、女子トークも小休止。三人はカラフルな皿に盛られた流行りのエスニック料理に取りかかる。

「入らないと思ったけど、美味しいから、結構食べちゃうね」

「いや、スパイスいっぱいだから大丈夫。燃焼系、燃焼系」

きょうは二軒とも当たり。さすが広告会社勤務だと、二人は変なほめ方で店のチョイスをたたえてくれたが、そのとき若葉は全く別のことを考えていた。

〈中性脂肪か…〉

数週間前、父がクリニックから持ち帰った血液検査の結果は、どれもA判定だった。コレステロール値なんか、基準より低いくらいだ。父も「心配ない」と太鼓判を押してくれた。それに、カスミにすすめられた婦人科検診も、母のことがあったから真っ先に受けたが、これも「異常なし」だった。気がかりなことは何もないはずなのに…。

ほんのちょっとの間だったが、黙り込んだ若葉に、すぐに気付いたカスミとエリコが顔をのぞき込む。

「どした？」

いままで、家族に話せないことも、この二人には何でも相談してきた。二人なら分かってくれる。話してみたら、大したことない悩みかもしれない。いつもそうだったように。

若葉は、横浜にある広告制作会社に勤めている。広告といっても、タウン誌や地方紙といった媒体や、路線バスの販促、商店街のイベントなどを主に扱う小さな会社である。大学の先輩の紹介で、アルバイトから入り、そのまま社員として採用されたのだが、社長をはじめ二十人ほどのスタッフ全員が、家族のように気心が知れて仲がよく、若葉にとっては居心地のよい職場だ。

ところが、先日、その社内でちょっとしたトラブルがあった。定期発行の量販店チラシに少し厄介な印刷ミスが発生し、発行日の変更をめぐって相手先とやり取りをしているうちに、どうしたわけかこじれにこじれ、話が年間契約の破棄にまで発展してしまったのだ。

先方の量販店とは長い付き合いで、若葉が担当になってからも、とても良好な関係が続いていた。皆それを知っているから、何がどうなったのか、社内の誰もが首を傾げる。確かにミスはあったけれど、原因は明らかだし、こんなことはいままでも何度かあったから、今回もなんなく切り抜けられるはずだった。周囲から見れば。

実は、若葉にとっては、そうではなかったのだ。理由はその原因である。土壇場の内容変更が相次いで、修正が間に合わず、現場が一時パニックに陥った。なんとか体裁をととのえたものの、印刷所との連携に齟齬があり、ミスに至った。ただ、いつもの若葉なら、たとえ相手先に過失があっても、アルバイト時代からの経験上、ともかく穏便に事が運ぶよう最善を尽くしただろう。しかし、今回は違った。あろうことか、先方の担当者に食ってかかったのである。

若葉のいい分は正論かもしれない。普段どおり彼女が言葉を尽くして、事の次第を丁寧に説明すれば、相手方も納得し、譲歩のしようはいくらでもあり、これほど大きな問題にはならなかったはずだ。ところが、このときの若葉は一歩も引き下がらず、ただただこちらを正当化するばかりだった。

そうはいっても、広告主と業者との間柄である。若葉の正論が押し通るはずはなく、最後は社長が出向いて事を収拾し、長く培った信頼関係もあって、契約破棄は免れた。先方も理不尽な発注の経緯を認め、賠償等の問題も大事にならずに済んだ。社長は一言、

「どうした。若葉らしくないぞ。頭を冷やせよ」

と忠告しただけで、怒りもしなかったが、若葉は当然、担当を外されることになる。

そのうえ、一番ショックだったのは、同じ業務に携わっていた入社一年目の後輩が、会社を辞めたいと申し出たことだ。実は、若葉は、クライアントだけでなくその後輩のことも、容赦なく攻撃したらしい。もちろん、指示どおりの確認をせず、うっかりミスを見落としたことは

自分も認めるが、それにしてもあんなに感情的に責め立てるなんて、もう一緒にやっていく自信がない。「ついていけません」。その言葉に、若葉は深く傷ついた。

自分ではそれほど強く叱責したつもりはない。ただ、いったん怒りに火が付くと、感情が高ぶってコントロールが利かなくなることが、最近確かにある。周囲もそれを薄々感じているらしく、近ごろはみんなから少し距離を置かれているような気がする。後輩の退社理由はほかにもあり、若葉のせいだけではないんだから、気にしなくていいと慰められもしたが、いまの社内での若葉の立場は、なんとなく以前とは違っているのだ。

私はどうしちゃったんだろう……。

「やっぱり心療内科に行ったほうがいいかな」

二人の前で、思わず弱音をもらすと、黙って聞いていたカスミが呟くようにいった。

「自分らしくいようなんて思わなくていいよ」

「そうだよ。いつだって若葉は若葉だよ」

エリコも同意する。

「生きてればいろんなことがあるよ。だっていま、若葉、すっごいきれいじゃん。肌だってスベスベだし。これって、結婚効果？」

「うーん、どうだろ。私のときはそんなになかったと思うけど。まあ、ホルモンの関係？」

「女性ホルモン？　やっぱそれある？　あー、じゃ、私ないわぁ」

そんなふうに、二人の会話はうまく外れていき、若葉もちょっと気が楽になる。

「スベスベじゃない、汗だよ汗。辛いから暑くって」

それから、肝心の結婚式の段取りについて、ようやく話がすすみ、三人会はお開きになる。

〈やっぱり心療内科っていうのは大げさかな〉

結婚しても仕事は続けたい。いまの仕事が好き。若葉がそう思うなら絶対続ければいい。

「自分らしく」なんて気負わないで、普通にやっていいんだ。二人に勇気付けられ、若葉はようやくいつもの自分を取り戻せそうな気がした。


待ち合わせた馴染みの店の個室に、いつものように短く「おっ」といって、内田が入ってくる。綾子の法事以来だから、ほぼ一年ぶりか。またひと回り大きくなったような気がする。

「いや、全然体重は増えてない。おまえこそ老朽化が激しいんじゃないの？　本物のじいちゃんになる日も近いもんな」

例の皮肉めいた冗談で、実は、若葉の結婚を喜んでくれている。これが内田流の祝い方だ。学生時代から変わらない。

内田と壮一郎は、大学の医学部で知り合った。どちらも一浪で同じ年、しかも地元が近いので、すぐに打ち解けた。医学生は履修科目がすさまじく多いから、ほかの学部とは違って、お決まりのキャンパスライフからはほど遠い。バイトもサークルも麻雀も、どっぷり浸かることは許されず、勢いクラスの結束だけは強くなる。とくに三年になると、解剖実習も始まり、さらに追いまくられる日々が続く中、医学部棟の半ば隔離された空間で、学友たちの濃密な関係が育まれていく。

　解剖実習では、学生はアイウエオ順に四～五人ずつグループに分けられ、各班に一体ずつ献体が提供されて、臓器ごとに解剖学習が行われる。一つのグループと同じご遺体との付き合いが、ほぼ毎日、半年あまりにわたって続くのだ。壮一郎の三班の献体は、脳梗塞で急死された五〇代の男性で、かなり鍛えていた方らしく、解剖には結構な力を要した。一方、内田のいる一班の場合は、大腸がんで亡くなられた七〇代の女性で、皮下脂肪も少なく、比較的スムーズに実習がすすんでいたような気がする。

「あのころ、夜中に目が覚めると、たまに思い出していたんだ。おいちさん、いまごろ保管室で一人、どんなふうに過ごしているだろうって」

　卒業後しばらく経ってから、内田がそう話すのを聞いて、壮一郎は心底驚いた。「おいちさん」。一班の連中は、自分の班の献体のことを、親しみを込めてそう呼んでいた。たぶん一班の「いち」から名付けたのだろう。しかし、当時の壮一郎はといえば、実習時は毎回、かのアイアンマン（三班のご遺体はそう呼ばれていた）に闘いを挑むのに必死で、そのうえ覚えることは膨大にあり、そんな気持ちになるなど想像もできなかった。未熟な医者の卵たちのために文字どおり身を捧げてくれる人に、もちろん感謝の想いはあっても、ホルマリンに浸かったご遺体に思いを馳せる余裕も感性も、壮一郎は持ち合わせていなかった。

卒業後に親友が選んだ進路についても、壮一郎は大いに驚いた。

「内分泌⁉　何だそれ？」

壮一郎のほうは、医学部に入るときから、なんとなく選ぶ科を決めていた。高校時代まで没頭していた競技スキーで、幾度となくケガに泣かされ、一時はインターハイまで狙えるところを断念した経験から、医者になれるなら整形外科にという漠とした夢があったのだ。五年生で臨床実習が始まり、各診療科をローテーションするうち、やっぱり自分には整形外科が一番向いていると思えるようになった。周囲もなぜか、「おまえにピッタリだ」と口々に賛同する。内田なんか「天職だ」と賛成してくれた。いささか皮肉も混じっていそうだが、そんな内田が、よりによって内分泌内科を選ぶとは。

確かに、前述した「おいちさん」の話でも分かるとおり、同じ医者を目指す者であっても、自分にはない感覚が彼にはある。しかし、それにしても、あんなに細かい、それに外側からは全く判別できない、しかもあれほど微妙であやふやな、要するに、数ある中で、壮一郎にとっては最も不可解な領域を専門にしたことは、いまだに理解しがたい謎である。

壮一郎は卒業後、大学の系列病院の医局に入り、救急も経験した後、早々に開業した。内田は大学院に残って博士号を取得、現在は県下の総合病院で内科部長を務めている。医者としては別々の歩みをしたが、学生時代からの信頼と尊敬の念は変わらず、互いをかけがえのない存在として認め合う仲である。


「どうだ。男二人暮らしの覚悟はできたか？」

「まあな。なんとかなるだろう。孝太郎もいるし。あいつ結構、料理できるんだよ」

「おまえなぁ。孝太郎頼みでどうする。自分がやれよ。それじゃ、若葉ちゃんも安心して嫁に行けないだろ」

「うん…」

軽く笑って受けながら、壮一郎は、ふと、孝太郎の言葉を思い出した。

〈うっちーに相談してみれば？〉

孝太郎がそういうのには理由がある。妻の綾子が乳がんになったとき、本人と子どもたちが最も頼りにしたのが内田なのだ。もちろん主治医ではなかったが、全くの門外漢の壮一郎とは違って、治療法の選択やセカンドオピニオンの手配など、機に応じて何かとサポートを買って出てくれた。すでに総合病院に勤務していたため、他科の医師とのつながりも多く、手術や化学療法の際には、綾子のために適切な助言をし、家族を不安の底から救ってくれた。肺転移による再入院を采配したのも内田である。

孝太郎はまだ幼かったが、快復して家族で温泉に行ったとき、母から、「うっちーのおじちゃんが、ママのおっぱいを守ってくれたの」と聞かされたことをいまでも憶えている。根治性を高めるため、乳房切除術を受け入れたものの、友達と温泉やプールにも行けないと落ち込む妻に、「命と温泉とどっちが大事なんだ」と壮一郎は怒ったが、内田の提案で、綾子は術後、乳房再建術を受けたのである。

そのことがあって以来、孝太郎も若葉も、内田に全幅の信頼を寄せ、親愛の情を込めて、彼を「うっちー」と呼ぶ。綾子が逝ってからも、孝太郎いわく「親父よりはるかにまともな社会人」であるうっちーに、二人は部活の人間関係から進路の悩み、受験、就活に至るまで、何かと相談するという関係が続いているのだ。

壮一郎の話を聞いた内田は、少し考え込んでいたが、

「うーん、それだけじゃ何ともいえないな」

「だよな。やっぱりマリッジブルーってやつかな」

「いや、そうじゃなくて…。検査の数値はほんとにぜんぶ基準値だったんだろ」

「うん。まあ…」

「うーん。女の子はいろいろあるからなぁ。こんど検査結果を見せてくれるか」

「ああ」

二カ月後に迫った若葉たちの挙式は、親族とごく限られた身内での小規模なものということで、内田は声をかけられたものの辞退している。帰りがけに内田が渡そうとしたご祝儀を、壮一郎は、こんど会ったときに直接本人に渡すよう頼んで、その日はお開きとなった。


「いい結婚式だった」

出席した人みんながそういう。とりわけ、最後に若葉が読み上げた父への手紙には、誰もが涙した。男手一つで育ててくれた父への感謝と、亡き母への思慕があふれ、親戚の中には号泣する者も少なくなかった。ただ、その双方の親戚が、会場を出るとき、口々に「次は孫の顔を見せなきゃね」というのには、当の若葉も、夫の徹も、いささか辟易した。

新郎の甲斐《かい》徹は、三人姉弟の末っ子長男である。やや年の離れた姉二人はすでに嫁ぎ、実家近くに住んでいるが、話が分かる次女は別として、長女のほうはすでに子どもも手を離れ、若葉にとっては姑が二人いるような感じである。「内孫は別格だから、早く安心させてあげてね」と、ずいぶん簡単に口にする。徹は「気にしなくていい」といってくれるが、若葉にとってはやはり軽くプレッシャーである。もしかしたらそれも、近ごろのイライラの原因の一つかもしれない。

若葉のイライラは、挙式後も続いていた。新居に落ち着けば、少しは治まるかとも思ったが、むしろひどくなったような気がする。もちろん、長く交際していた仲とはいえ、他人と暮らし始めるのだから、いままでのように気楽な三人暮らしとはいえない。若葉が思いっきりイライラをぶつけても、適当にあしらってくれた父や弟とは違って、徹は、いくら優しいといっても限度がある。時には嫌な顔もするし、あまりの剣幕に、露骨に驚くこともある。そのたびに、若葉は、これまでどれほど家族を困らせていたかを思い知らされて、また一人で落ち込むのである。

実は、若葉は、挙式当日のことをよく思い出せない。ほかの列席者のように「いい結婚式だった」と思えるような記憶が、当の本人にはないのだ。とにかく暑くて暑くて、早くお開きにならないかと、そればかりを願っていた。九月とはいえ、まだ残暑のいささか厳しい日だったのは確かだが、式場は空調が整備され、暑がっている者など誰もいない。若葉一人だけが、したたる汗に困惑していたのである。少しやせたからと、一サイズ落としたドレスのウエストが、やっぱり窮屈だったのか、ただ座っているだけなのに、時折動悸が激しくなり、呼吸が苦しくなる。緊張のせいもあってか、乾杯のグラスを持つ手が震える。幸せだったけど、何か、落ち着かない気分。母もこうだったのだろうか。

よほど疲れたのか、挙式後は何もする気が起きず、一週間は寝たり起きたりの日々だった。徹の仕事の都合で、新婚旅行も未定だったし、式にも臨席してくれた社長と直属の部長も、「有休が溜まってるんだから好きなだけ休んでいい」といってくれたので、若葉はその言葉に甘えることにした。

式から二週間後、瀬戸家のリビングで、ささやかな二次会が開かれた。挙式とは別に、ごく親しい友人知人を招いての、気の置けないパーティである。新郎新婦の共通の仲間が中心だが、式にも出席したカスミとエリコ、そして、父親の親友である内田も駆け付けた。

料理やケーキのケータリングは、瀬戸家が長年通っている近くのレストランに頼んだ。グルメ雑誌にもたびたび取り上げられる人気店だが、午後は休業にして、オーナーシェフ自ら、若葉たちのために腕を振るってくれたのだ。壮一郎はそのシェフとキッチンで何やら話し込んでいる。ダイニングテーブルの片隅を陣取る内田は、一人オードブルをつまみながら、若い連中の快活な様子を遠目に、ゆっくりとワインを飲んでいた。

遠慮のいらない気楽なパーティなので、きょうの若葉はリラックスしてみえる。そこここにできた小さな集まりを、徹と一緒にテンポよく回りながら、笑顔を振りまくその姿を見て、エリコとカスミが顔を見合わせ、ホッとした表情をする。と、近くにいた内田と目が合った。

「あの、うっちーさんですよね」

エリコがおずおずと声をかけてくる。

「ああ、はい」

二人の笑顔がはじける。

「若葉からよく話を聞いてます。すごく頼りになるおじさんだって。あ、ごめんなさい。おじさんなんて」

「いや、十分おじさんですよ」

それからしばらく若葉の話で盛り上がる。

ちょうど、隣の集団から、きれいな表紙の冊子が回ってきた。結婚式のときの写真を散りばめた記念のアルバムだ。内田を真ん中にして、一ページずつめくりながら、また三人の会話が弾む。

「このドレス、かわいかったよねー」

「うん、ほら、あのオレンジのと、どっちにするか迷ったんだよね」

「そうそう。やっぱこっちでよかったよね」

お色直しのドレスを選ぶときも、若葉はいくつかの候補を写真に撮って、どれがいいか二人に相談したらしい。彼女たち一推しの、若草色のドレスは、丸く開いた胸元にレースの花があしらわれ、確かによく若葉に似合っている。ただ、その首筋からデコルテに沿った部分が、やや膨らんでみえるのが、内田は気になった。驚いて見開いた目、周囲に比べてひときわ上気した顔にもちょっと違和感がある。

「いい写真だね。けど、ちょっと暑かったのかな」

「えっ、そんなことなかったけど…。ああ、確かに若葉、汗かいてた」

「うん。だいぶ疲れてたみたいだしね」

それから、二人は同時に若葉のほうへ視線を移し、

「きょうは元気そうで安心したんです」

と、カスミが口にして、エリコがうなずく。

「そんなに元気がなかったの？」

二人はまた互いに顔を見合わせる。「いいんじゃない？」「いいよね」。うなずき合って、決心したように、カスミが口火を切った。

「お父さんには内緒って、若葉にはいわれてたんですけど…」

ごくごく簡単な説明だったが、内田は、自分の抱いていた懸念がみるみる確信に近いものに

なっていくのを感じていた。そのため、無意識に顔をしかめていたらしい。

「うっちーさん……」

気が付くと、エリコとカスミが不安そうな面持ちでこちらを見つめている。

「ん？　ああ、大丈夫だよ。若葉ちゃんのことは、心配ない」

その言葉を聞いて、二人はようやく安心したようだ。若葉は何らかの疾患を抱えているかもしれない。しかし、決して深刻な問題ではない。少なくとも、心療内科に通院するような事態ではないはずだ。彼女たちに請け合うというより、内田はむしろ自分自身にいい聞かすような気持ちになっていた。


その後も、パーティは数々の演し物やゲームとともに、さらなる盛り上がりを見せ、もはや若い二人の門出を祝うというより、ただの同世代の宴会と化した感がある。最高潮のときに帰宅して途中参加した弟の孝太郎は、手始めに姉貴の親友二人からさんざんからかわれ、姉夫婦の友人たちに寄ってたかって飲まされ、あっという間に沈没した。壮一郎も、いつになく酔いが回るのが早いらしく、とろんとした目をしている。そうして、内田と二人、若さの熱に気圧されながら、妙にほのぼのとした想いでその光景を眺めているうちに、夜もだいぶ更けて、お開きとなった。

三々五々帰っていく参加者を見送ったあと、若夫婦も帰り支度を始めた。てっきり一泊するのかと思ったのに、翌日は徹の出勤日なので、若葉も一緒に帰るという。確かにシェフが手際よく撤収してくれたおかげで、片付けの必要もないが、壮一郎はいっぺんに酔いがさめて、「そうだな、早く帰れ」とつっけんどんにいう。そのくせ、若葉の隣で「僕は一人で帰るといったんですけど」とモゾモゾいっている徹に、〈それならそうとはっきりいえ〉と、心の中で毒づくのだ。そんな父の様子を見て、若葉は内田と目を合わせ、思わず苦笑してしまう。

帰り際、あらためて結婚祝いの礼を述べ、シェフが淹れてくれたコーヒーを飲んで帰ってほしいと内田を引き留めておいてから、若葉は、

「うっちー、これからも父をよろしくお願いします」

と、深々と頭を下げた。

「なんだ、それは」

その大人びたしぐさが壮一郎にはまた腹立たしく、気恥ずかしく、なんともいえない気分になる。

二人を笑顔で送ってから、内田は急に真顔になり、足早にリビングに戻りながら、

「おい、あれ、見せろ」

「あれ?」

「あれだよ。検査結果。見せろといったろ」

親友のただならぬ雰囲気に圧され、壮一郎はあわてて二階の書斎へ向かった。

第二章

診断

壮一郎が二階から下りてくると、リビングにはコーヒーのいい香りが漂っていた。さっきまでソファで眠りこけていた孝太郎が、母の綾子のお気に入りだったカップにコーヒーを注いでいる。きれいに片付けられたダイニングテーブルには、色とりどりのブーケを挿した花瓶と、おあつらえ向きにクッキーやプチケーキが品よくあしらわれ、とても宴会の名残りにはみえない。これもたぶん若葉のしわざだ。あいつ、いつの間に…。

内田は、さっきの形相とはまるで別人のように、いつものほほんとした顔に戻って、孝太郎と冗談を交わしている。〈内科医は切り換えが早いな…〉と、壮一郎が意味もなく感心していると、

「お、あったか」

と手を差し出し、早速、検査結果の数値を検証し始めた。壮一郎は、なんだか通知表を父親にみせる小学生みたいな気分で、それを見守る。

「やっぱり、これは、俺の領域かもな」

ひととおり見終わると、内田はゆっくりと噛み締めるようにそういった。

「おまえの領域って、内分泌か？」

内田が黙ってうなずく。それから少しの間、若葉の受けたごく一般的な血液検査の報告書をはさんで、内分泌内科の専門医による整形外科医へのレクチャーが行われた。孝太郎は再び窓

際にあるソファに戻り、テレビのボリュームを極力下げ、寝ぼけまなこで鑑賞を決め込んでいるが、意識はもっぱらこちらに向き、二人の会話に聞き耳を立てているのが分かる。

確かに若葉の検査結果は、総じて大きな問題はないようにみえる。ただ、一つ一つを検証してみると、やはり少し慎重に解析したほうがいい項目もあるのだ。

まず、若い女性が最も気にする類のコレステロール値だ。総コレステロールは血液中のコレステロールの総量、また、その中のLDLコレステロールは動脈硬化の誘因となる、いわゆる悪玉コレステロールだが、若葉の数値はいずれも基準値より低い。コレステロールは、普通に考えれば、低いほうがよいととらえがちである。しかし、本来、ホルモン、血管壁、細胞膜などの材料となる人体に必要不可欠なものだ。数値が低すぎれば、脂質代謝の異常が疑われる。若葉の場合、これが低コレステロール血症ともいえる数値となっている。

一方、肝機能検査については、一般的な検査であるAST（GOT）、ALT（GPT）とも、べらぼうに高い数値ではないものの、基準値をやや上回っている。さらに、ALPの値も少し高い。これも肝臓と関係しているが、骨にも多く含まれ、整形外科では骨粗しょう症の診断時にも使われる検査値である。

そして、もう一点。内田が書面を指差す前に、気付いていたようだ。向かい合った壮一郎の眼は、食い入るようにその数値を見つめている。

「CK低いな」

CK（クレアチンキナーゼ）は、筋肉内の代謝酵素の一つで、激しい運動などにより筋肉が障害されると高値を示す。心筋梗塞などが疑われる場合の目安にもなるが、どちらかというと整形外科医である壮一郎の専門分野に近い。それが低いということは…。

「甲状腺か…」

みるみる顔が青ざめる。

「体重も落ちてるな。食欲はあるんだろ」

「下痢とかしていないか。眼科の通院は」

何を問いかけても、壮一郎の耳には届かない。それに気付いた内田が、

「あ、いいや、それは直接聞くから」

といい添えても、壮一郎はうつむいたままだ。

「亢進症状か…」

「いや、まだ分からない。ともかくもう一度検査したほうがいいな」

綾子さんのことが一瞬、内田の頭をよぎった。壮一郎のことだ。なぜ気付かなかったと自分を責めるに決まっている。しかも整形外科医の自分が見慣れているはずの数値も見落とした。

だが、内分泌の専門医が総合的に判断するならいざ知らず、通常の検査では、一般内科医でも

見極めが難しいのが、甲状腺異常だ。壮一郎が責任を感じる必要はない…。

呆然と、若葉の検査報告書の数値を見つめて、言葉も出ない壮一郎から目をそらし、内田は、ソファで身じろぎもせず膝を抱えている孝太郎に向かって手招きをした。まずは再検査だ。一刻も早く若葉をうちの病院に来院させなければ。


そのあとのことを、壮一郎はあまりよく憶えていない。酔いのせいもあったのか、なんだか目の前に霞がかかったようで、記憶がすっぽり抜け落ちている。ただ、若葉の近況を尋ねる内田の問いに、孝太郎がやけに的確な受け答えをしていて、〈こいつ、よく観察してるんだな〉と、妙に感心したことだけは憶えている。いつも不愛想な口を利いて、ケンカばかりしているようにみえるが、案外、姉貴想いなんだな。そんなことをぼんやり考えている間に、男三人の会談は終盤にさしかかった。そうだ、若葉の再検査の話だ。甲状腺機能に問題があるかもしれない。亢進症が疑われる。なるべく早く専門の内分泌内科のある病院に、そう、内田の病院に行って、診てもらったほうがいい…。

頭の中で繰り返しながら、上の空の父親を、よほど頼りないと思ったのか、息子がいった。

「俺がいおうか」

「ん？　えっ？」

「俺が、いおうか、姉貴に」

気付けば内田と孝太郎、二人の男がじっと自分を見つめている。

「ああ、いや、俺がいう」

壮一郎は我に返ったように首を振った。


甲状腺疾患の患者数は推計で現在、約四万人。しかし、この病気は症状が多岐にわたるため他の病気との見分けがつきにくく、実際に、甲状腺に疾患を抱えている人は、全国で一〇〇〇万人にも上るともいわれる。男女比は一対三から病気によっては一対九と、圧倒的に女性が多い。このうち、甲状腺ホルモンが不足して、その機能が低下する状態を「甲状腺機能低下症」と総称し、代表的なものが「橋本病」である。

そして、逆に血液中の甲状腺ホルモンが増加して機能が過剰に高まるものを「甲状腺機能亢進症」といい、その代表的疾患が「バセドウ病」である。

「甲状腺機能亢進症の疑いが強い」

父からそう聞かされたのは、実家でのウェディングパーティも終わり、ようやく夫婦二人の生活にも慣れてきた、十一月半ばのことだった。会社に復帰すると、共働きの週末は何かと忙しく、そう遠くもないのになかなか里帰りできずにいたが、そろそろ初めての正月休みの段取

ドクター甲之介の 甲状腺解説◆1

甲状腺の位置と形状

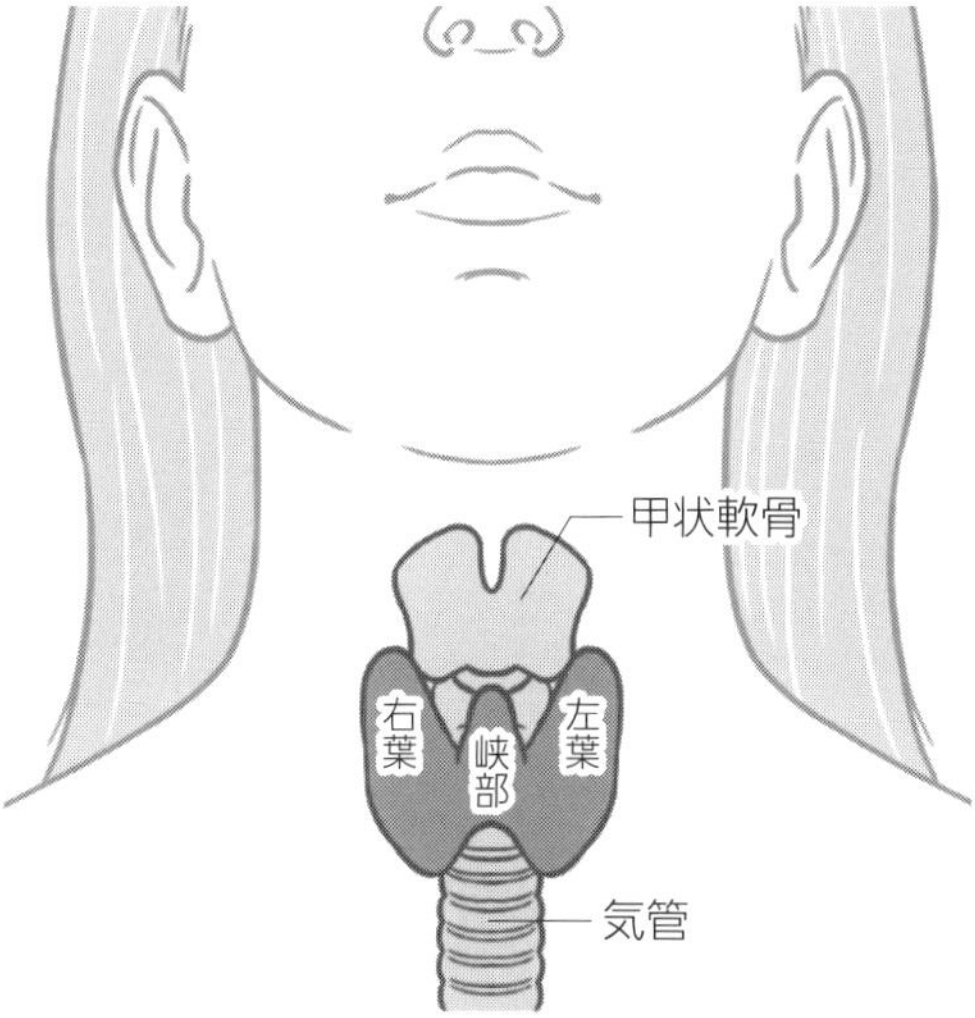

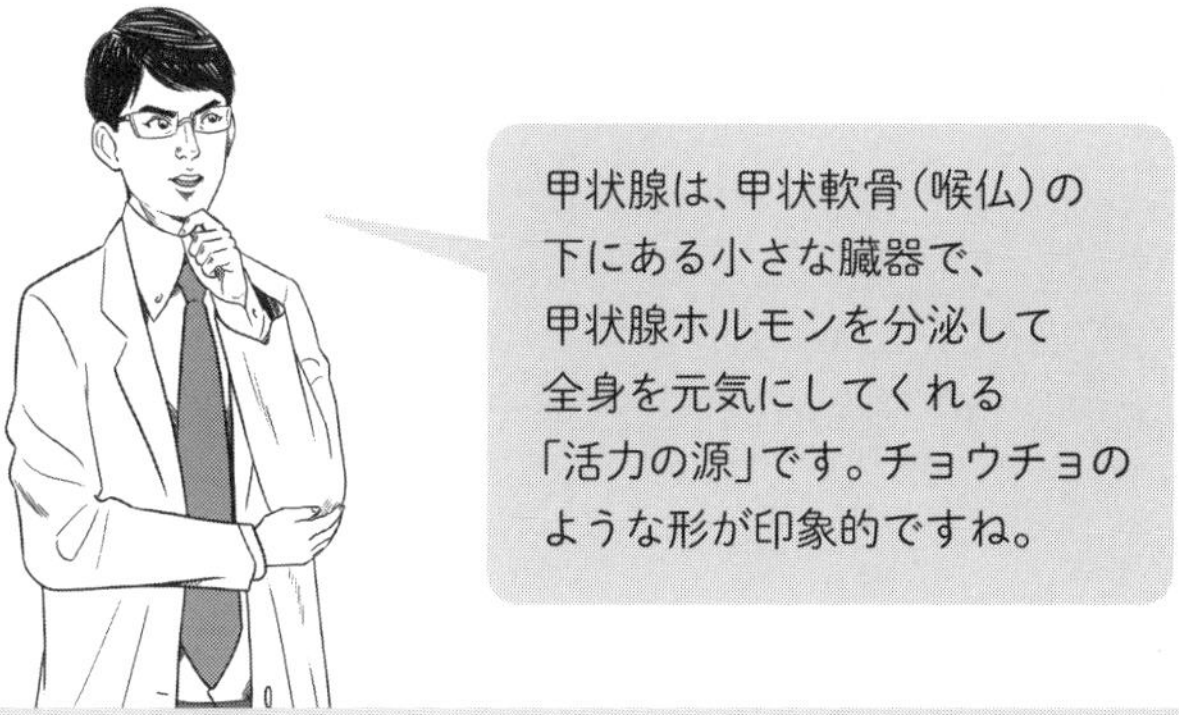

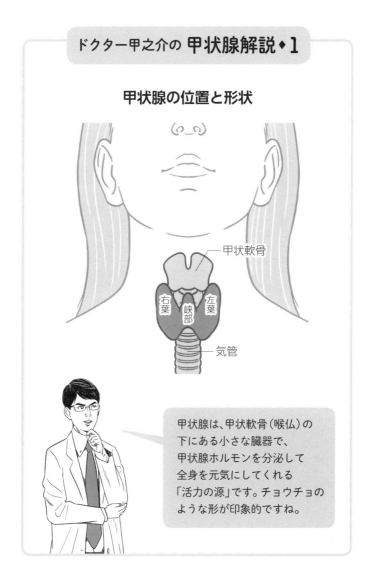

りも組まなければならない。ちょうど今週は金曜から徹が福岡へ出張なので、一度帰ると父に電話を入れたところ、普段どおり「そうか」といっただけだが、ちょっと声のトーンが違う。

〈なんだろう…〉

いぶかりながらも、会社帰りに横浜のデパ地下に寄って惣菜をみつくろい、せっかくだから家までの坂道を避けて、車で送ってもらおうと、クリニックに立ち寄ると、診療時間はとっくに過ぎているのに、父はまだ白衣を着たまま診察室にいた。声をかけると黙って椅子を指差し、やおら、

「新婚旅行はどうなった」と聞く。

「いったじゃない、徹さんが担当が変わって当分忙しいから先に延ばすって」

「そうか…」

それから少しの間、沈黙した後、その話を切り出したのだ。

若葉は、それほど驚きはしなかった。もちろんショックを受けたことは確かだが、なんとなく〈そんなこともあるかな〉と思っていたフシもある。病名など知る由もないけれど、自分の体は明らかに普通ではない。ただし、その異常は自分だけが分かることで、口にするとあまりにありきたりすぎて、誰にいっても、相手が夫の徹でも、分かってもらえそうにないから打ち明けなかったのだ。

先日も、孝太郎と徹と三人で飲んだとき、十月も半月過ぎたというのに、若葉が半袖のポロシャツ姿なので、会ったとたんに弟から「いつまで夏だよ」と笑われた。ちょっとむくれて、「だって暑いんだもん」と反論すると、そういえば、弟は変な顔をしていた。そして、その後もしきりに汗を拭く若葉を見て、思い出したように聞いたのだ。

「親父から連絡あった？」

「え、別にないけど。何？」

「いや、なんでもない」

でも、賑やかな周囲の話し声にまぎれて「何やってんだよ…」と孝太郎が小さく舌打ちするのが分かった。〈このことだったんだ〉と、思い当たって、若葉は場違いに吹き出しそうになる。父親と弟の間で、私のことでどんなやり取りがあったのか。

目の前の父は、真剣な面持ちで、病気の説明をしている。手には、先日若葉が受けた血液検査の報告書がある。「コレステロール値が…」「肝機能の数字が…」。淡々と、丁寧に、父親というより医師の顔。必死でそれを保っているみたいに。

「分かった。お父さん」

壮一郎がびっくりして顔を上げる。

「うっちーの病院へ行けばいいのね。もう一度、専門の検査を受けるわけでしょ」

壮一郎は黙ってうなずいてから、一言いった。
「すまんな」

外来一日目

内田が勤める総合病院へ若葉が初診の予約を入れたのは、それから半月ほど過ぎて、すでにその年の暮れにさしかかるころだった。久しぶりに見ると、建物が一部改装されて、ぐっと近代的になっている。科は違うが、母もここに一時期入院していて、父と一緒に何度か見舞いに来たこともある。そのときも前庭に立っていた桜の木が、いまはすっかり葉を落として、少し小さく見えるのは、自分が大人になったせいか。あのときはまだ小学生だったもの。

内田はこの病院の副院長兼第二内科部長である。

待合室のプレートを見て、若葉はちょっとくすぐったいような気持ちになる。問診票に記入してしばらく待ち、診察室に入ると、確かに白衣の内科部長は貫禄があった。けど、「お、来たな」と、こっちを向く、ゆったりとした笑顔はいつものうっちーだ。

〈うっちー、エライんだ…〉

問診が始まると、若葉は内田に促されるまま、これまでの経緯を話した。しゃべり出すと止まらない。症状が出始めたのはいつからか、おかしいと気付いたのは何がきっかけか、会社で、家で、友達と、家族と、話の前後、時と場所の区別などお構いなしに、思い出せる限りの出来事を話し、自分の想いを話した。内田は黙って聞いている。うん、うん、と相槌を打ち、時折ちょっと質問をはさむ程度だ。

ひととおり話し終わって、若葉は大きく息をついた。よほど夢中でしゃべっていたらしい。喉がカラカラに渇いている。バッグの中をかき回してペットボトルを探しながら、

「ごめんなさい。なんだかベラベラしゃべっちゃって…」

「いや、だいたい分かったよ。ありがとう」

若葉がミネラルウォーターを一口、二口飲むのを待ってから、

「喉は渇く？」

と内田が聞く。

「うーん、そうですね。でも、あまり飲むと汗かいちゃうから」

うん、うん、とうなずきながら、内田は「ちょっと触るね」と、若葉の正面から、そっと両手で首を包み、親指で喉仏の下のあたりにそっと触れた。そのときの感覚を、いまでも若葉は思い出すことがある。なんともいえない安心感があって、ということは、よほど不安だったんだと、自分の気持ちに気付いた瞬間だった。でも、もうきっと大丈夫。そう思ったら、涙が出そうになった。

「甲状腺が全体に大きくなっているね。ここを押さえて痛みはない?」

内田が親指に少し力を入れる。

「押さえられてる感じはするけど、痛みはないです」

それから、診察室のベッドに横になり、頸部の超音波検査をする。首のあたりにゼリーを塗り、器具を当てると、モニターに画像が映る。仰向けになった若葉にも見えるよう、内田が画面をこちらへ向けて動かしてくれた。

「この丸くてトクトク動いているのが右の頸動脈で、真ん中の太くて丸いのが気管。そこをまたいでいるようなのがあるよね。これが甲状腺だ。右側にある三角形が右葉、それとつながって反対側にある三角形が左葉だ」

モノクロ画面に映し出された初めて見る甲状腺は、ちょうど大きめの蝶ネクタイみたいだ。これが自分の首の、皮膚の下にあるなんて。若葉は不思議な感じがした。内田は、器具を持たないほうの手を画面に伸ばし、指で小さく円を描いた。

「普通はこのくらいの大きさなんだが、ちょっと大きくなってるね。中が黒いところと白いところがまだらになっているのも異常所見だ。カラーにするともっとよく分かるかな。血流を見ると、両葉とも全体に亢進している」

超音波検査を終えると、次に採血。結果は一時間ほどで出るという。

ドクター甲之介の 甲状腺解説◆2

甲状腺の超音波検査画像の比較（イメージ）

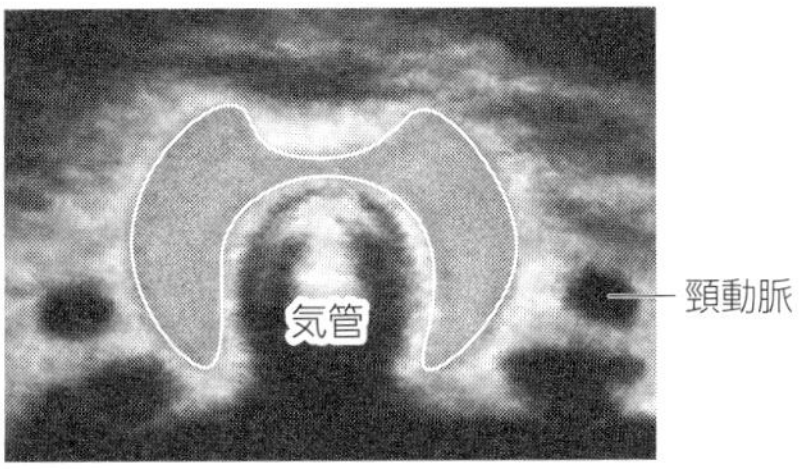
気管
頸動脈

正常

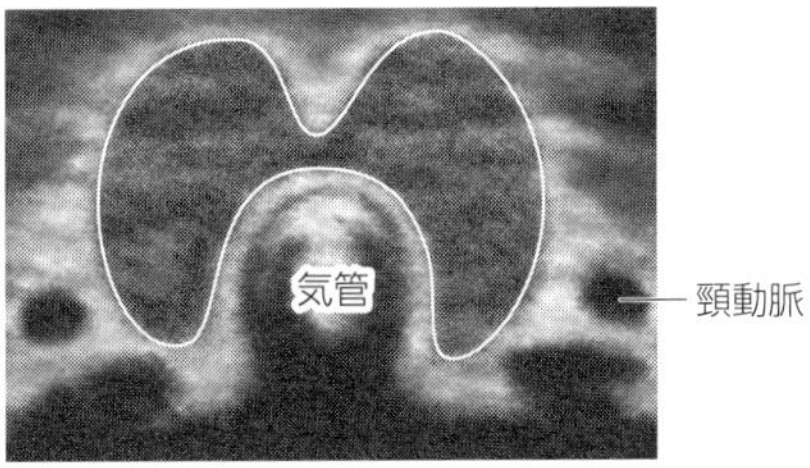
気管
頸動脈

バセドウ病

バセドウ病になると、甲状腺の
働きが異常なほど活発になり、
それにより甲状腺ホルモンが
過剰に分泌されます。
超音波検査では、正常時より
大きく、画質も不均質に見えます。

「結果が出たらしっかり説明するから。それまでどこかで時間を潰せるかな」

内田の言葉に「はい」と小さく答えて、いったん病院を出る。駅に向かう並木道の途中にあるカフェに行くことにした。母の見舞いの折に、立ち寄ったこともある。パンケーキが美味しい店で、イチゴかチョコか、弟と取り合いになったりした。母の病状も気がかりではあったけれど、それはやはり子どもなりのもので、無邪気な日常に、あまり変わりはなかったような気がする。そんな私たちを、父はどんな想いで眺めていたんだろう。

ふと、さっき見た自分の甲状腺の画像を思い出した。超音波って、妊娠したときも撮るはず。テレビドラマとかで何度か見た覚えがある。赤ちゃんの心臓もあんなふうに、トクトク動いているんだろうか。小さな命みたいな、小さな私の甲状腺。それが腫れて、血流が活発すぎて、自分の体にいろんな影響を与えている。意味はうっすら分かったけれど、これからどんなふうに治療がすすんでいくんだろう。病院通りの路面に、黄色いポプラの葉が舞い落ちるのを、ぼんやり窓から眺めながら、若葉はそんなことを考えていた。

病院に戻り、再び診察室に呼ばれて、採血検査の結果をもとに、内田の説明が始まった。父のクリニックで検査した項目に、新たに甲状腺関連の検査項目を加えたものだ。内田は、その報告書を指し示しながら、いつものソフトでクリアな口調を崩さず、一つ一つ丁寧に解説していく。これによれば、FT_3、FT_4（甲状腺ホルモン）の数値がいずれも高い。一方、甲状腺ホルモンを調整する役割のＴＳＨ（甲状腺刺激ホルモン）のほうは低下している。このことから甲状腺中毒症であると診断される。また、ＴＲＡｂの高値により、バセドウ病であることが分かる。ＴＲＡｂはＴＳＨ受容体に対する自己抗体で、バセドウ病の原因物質とされ、診断の根拠となる。

「目は痛くない？」

「いえ、いまのところは」

「ものが二重に見えるといった症状は？」

「ないです」

大きくうなずき、内田は再び報告書に目を落とす。

「お父さんのクリニックで測ったときより、少しずつだけど数値も変動しているね」

肝機能検査値（ＡＳＴ、ＡＬＴ）の上昇、コレステロール値の低下、そしてＡＬＰの上昇、ＣＫの低下、その四点のことだ。先日、内田の病院で再検査を受けるようすすめるときに、父が教えてくれた。確かに前回は、各数値を単体でみると、基準値を大幅に上下しているわけではないので、問題視されることはなかったのだろう。しかし、再検査ではいずれも悪化傾向にある。

「うっちーが見つけてくれたんですね」

若葉が少し緊張気味に、小さな声で呟くと、

「いや、一見して問題ない範囲だから、見過ごされても仕方がない。数値だけじゃなく、お父さんや孝太郎君たちの話を総合して考えたから、判断できたんだ」

内田の言葉は、的確かつ父への心遣いにあふれている。若葉の病気を最初に見落としたことを、父は必ず苦にする。自分を責める。そんな父の性格を、誰よりも内田は知っているのだ。

話はそれから今後の治療方針へと移行した。バセドウ病の治療法は三種類あるが、どれを選択するかというより、最初から一つに絞らず、まず内服治療でスタートするのが一般的である。なによりも甲状腺ホルモンを正常化させるのが先決だからだ。初めのうちは薬が合うか合わないかを調べるために、二週間ごとに通院する。三カ月間、薬の副作用が出なければ、一カ月おきの診察となる。

それで思い当たった。父が病気のことを切り出す際に、いきなり新婚旅行の予定を聞いた理由はこれだったのだ。若葉がその話をすると、内田は、「えっ、話の出だしがそれ？」と目を丸くしてから、すぐに吹き出した。

「アイツらしいな。それにしても唐突だね」

顔を見合わせて笑う。若葉の緊張も一気に和らいだが、内田はその笑いを納めていった。

「厳しいいい方をすると、この病気は完治するというものではないんだ」

通常、バセドウ病が治って薬を中止するという考えはなく、改善すれば徐々に薬を減量していく方針をとる。逐次血液検査を行い、薬の投与量を減らしながら、甲状腺ホルモンの正常化をはかるのが第一の目標。そして、第二の目標は、正常化した後、少量の薬でよい状態を維持すること。さらに、順調にいけば薬を中止しても症状が出なくなり、血液検査も正常値になる。これを寛解といい、第三の目標としている。一般的にはここまで一年半から二年を目安にしているが、難治性の場合、薬を中止できないこともある。

「あの、先生、薬を飲んでいる間は、妊娠できませんよね」

「うん、いまから説明するね。副作用のことも話すから」

バセドウ病の治療法には三種類あるといったが、一つは先に述べた薬物治療。しかし、難治性で、一時寛解しても再燃を繰り返す場合、また、そもそも薬にアレルギーがあったり、副作用が著しく服用できない場合、さらに、ほかの病気を合併している場合などは、ほかの選択肢として放射性ヨード治療または手術が上がってくる。以前は手術が主流だったが、甲状腺を摘出してしまうことによる弊害もあり、また、内服薬がより安全に使用できるようになったことから、いまは手術の実施は全体の五%を下回っている。

その後、薬剤の副作用についてひととおりの説明をしてから、ひと呼吸おいて、内田は先ほどの若葉の質問に答えるべく、具体的な治療方法について話し始めた。

「最初に服用する薬としては二種類あって、どちらか一つを選択することになる」

メルカゾール®とプロパジール®。いずれも甲状腺ホルモンの分泌を抑える抗甲状腺薬だが、比較するとメルカゾール®のほうが効果は高く、副作用の発現頻度も少ないため、メルカゾール®が第一選択となっている。ただ、プロパジール®に比べ、妊娠中に服用すると、わずかな確率だが、胎児に奇形を及ぼす可能性があるといわれている。そのため、妊娠を希望する患者の場合は、プロパジール®への切り替えが推奨されることになる。

「妊娠にあたって一番よくないことは、甲状腺ホルモンが高いことなんだ」

甲状腺ホルモンが高いまま妊娠すると、流産や早産のリスクが高くなる。バセドウ病の原因とされるＴＲＡｂ（抗ＴＳＨ受容体抗体）は、胎盤を通過して胎児に移行するため、母親のＴＲＡｂによって胎児の甲状腺も刺激され、亢進状態になることが考えられるのだ。

「さっきもいったように、とにかく、まず第一に甲状腺ホルモンを下げることが大事なんだ」

再度強調してから、内田は静かにいった。

「赤ちゃん、ほしいよね」

若葉が黙って大きくうなずく。内田もつられて「うん、うん」と深くうなずいた。

「薬を切り替えるタイミングなどは状態を細かく見ながら、しっかり調整していくからね。心配ない。少し時間はかかるけど、必ず妊娠できるようになるから」

外来二日目

十二月も中旬を過ぎ、若葉の二回目の診察日となった。翌週はもうクリスマスだ。病院通りの商店街も、並木道に歳末の飾り付けが施され、街行く人の足取りも、なんとなく気忙しい。例年ならいまごろ、担当していた量販店のかき入れ時で、セールに合わせて年末年始は仕事に追われているところだが、例の一件で受け持ちが変わったため、主要な仕事は年明けに回され、幸か不幸か今年はのんびり過ごせそうだ。

前回処方されたメルカゾール®には、かゆみなどの副作用があるといわれていたが、心配するほどひどくなかった。症状に変化はなかったかと尋ねられ、

「とくに変わりないけど、肘とお腹にポツポツ湿疹が出ている」

と答えると、視診のうえ、かゆみ止めの抗アレルギー剤アレロック®を処方された。一日二錠、朝と就寝前に服用する。もともとバセドウ病を治療する薬ではないので、かゆみや湿疹が治ったら中止してもいいとのこと。

「ちょっと眠くなるかもしれないから、車の運転とか気を付けて。それと、かゆみがあるうちは、あまり体を温めないほうがいい」

「はい。でも、それでなくても暑いので、ほとんど暖房もつけないです」

「それじゃ、徹君が寒いだろう」

と笑ったあと、内田は若葉のほうに向き直って、

「ちゃんと話せた？」

と聞く。

夫の徹には、初診の日の晩に病気のことを話した。どう話せばいいか、最初は迷ったが、徹のほうから「どうだった？」と切り出されたのだ。完治はしないと聞いて、「ずっと薬を飲み続けなくちゃいけないのか」と不安そうな顔をしたが、甲状腺ホルモン値が正常化して安定すれば、妊娠出産もできるという話に少しホッとしたようだ。夫の両親には「折をみて僕から話すから、そっちは気にすることない」という。一番気が滅入る用件を、真っ先に請け合ってくれたので、若葉は素直に感謝した。

話を聞いて、内田も安心したようにうなずく。

「好中球の減少もない。肝機能も正常範囲だね。徹君にもそう報告してください。次回は正月明けになるけど、年末年始は何かと生活が変わると思うから、くれぐれも体調に気を付けるようにね」

抗甲状腺薬の副作用で最も懸念されるのが、無顆粒球症である。顆粒球の一つである好中球が減少する病気だ。好中球は、体内に侵入する細菌や真菌などから身を守る血球成分で、白血球全体の約六割を占める。脊髄で絶えずつくられ、血液に補給され、必要に応じて体内に侵入した異物を攻撃するわけだが、他の免疫機序に関係する医薬品と同様、抗甲状腺薬の投与によってもその産生が阻害される可能性がある。五百~千人に一人というごくまれな例なのだが、無顆粒球症を発症すると感染症を引き起こし、死に至る危険性もあるので、細心の注意が必要だ。比較的早めに発症するケースが多いので、甲状腺疾患の治療において、薬の投与を開始してから少なくとも二カ月間、原則として二週間に一回の血液検査を実施することが服薬の条件となっている。

無顆粒球症の兆候がみられると、すぐにメルカゾール®の服用を中止しなければならない。そうなれば、再度ほかの治療法を模索することになる。患者である若葉のほうは、すでにうっちーにすべてお任せという気持ちだが、主治医としては、当面の課題を一つずつクリアしていくことに、最大の関心を払わなければならない。見かけはいつものほほんとした風情ながら、内田にはつねに治療計画を見直す用意があるのだ。

「休みの間、具合が悪くなったら、早めに連絡するんだよ。自宅でも携帯でもいいから」

ソフトな口調で、そんなふうに念押しするのは、それだけ心配が大きいということだろう。

「自己免疫疾患の一種なんだってさ」

実家へ報告に行ったとき、駅まで車で迎えに来てくれた弟の孝太郎が、車中で開口一番そういった。

「一種？」。ずいぶん生意気ないい方。

父親経由で病名を聞いた孝太郎は、早速バセドウ病について、手当たり次第にネットで調べたらしい。家に着くと、膨大な量のプリントがソファのテーブルに無造作に置いてある。このところのめまぐるしい展開に、やはり少し混乱しているのか、若葉自身はまだそんな気になれない。それでも、自分の病気のことを知りたいのは確かだから、弟らしいその気遣いは、ちょっとうれしかった。

「自己免疫疾患…」

自分の体を敵とみなして、抗体をつくって自分で攻撃してしまう。その程度の知識は若葉も持っている。知り合いに関節リウマチの人もいるし、会社の先輩で潰瘍性大腸炎の人もいるが、それも自己免疫疾患の一つだと、つい最近知ったばかりだ。でも、自分がそんな病気になるなんて思ってもみなかった。体内に入ってくる異物から体を守るために、人間の体に備わった「免疫」という精密で優れた仕組みが、何かの拍子に狂って、自分で自分を逆に傷め付けてしまう。いったい私の体の中で、何が起きているんだろう…。

孝太郎の調べによれば、自己免疫疾患は、体のあらゆる臓器で発症し、関節リウマチや全身性エリテマトーデスのように全身性のものと、神経や筋、消化器、皮膚などの部位や、血液や内分泌といった代謝などに関連して特定の自己抗体をつくってしまうものがある。バセドウ病の場合はそれが甲状腺に起こり、甲状腺ホルモンが過剰に分泌され、機能が異常に亢進することによってさまざまな症状を来す。また、別の甲状腺自己抗体の出現によって発症する代表的な自己免疫疾患が橋本病で、その二～三割は甲状腺機能低下症となる。


孝太郎のレクチャーがまだ続きそうだったので、なんとなく話をそらしたくて、若葉はリビングを離れ、キッチンのほうをウロウロする。手持ち無沙汰に食器棚の引き出しを開けたり、冷蔵庫の中の点検をしたり、実家に帰るとついやってしまう、もはや習慣みたいなものだ。男二人暮らしにしては、存外片付いているので、毎回ホッとすると同時に、ちょっと寂しい気分にもなる。

「ちゃんと食べてる？」

またいつもの質問をすると、

「食べてるよ」

と、これもいつもと同じそっけない返事をしてから、急に思い出し笑いで、

「そういやこないだ、親父が初めて野菜炒めをつくったんだよ」

野菜炒めは孝太郎の得意料理である。というより、それ一辺倒。それしかつくれないともいえる。ただし、日々の必要に迫られ、材料、味付けともに創意工夫が重ねられ、そのバリエーションは果てしなく広がり、いまや名人の域とまで本人にいわせるほどだ。若葉も何度か相伴にあずかったが、確かにどれもびっくりするほど美味しい。息子の著しい進化を目にして自分もやる気になったのか、はたまた父親の沽券にかかわるとでも思ったのか、ある日、孝太郎が帰宅すると、部屋の中になんともいえないにおいが漂っていた。キッチンがなんとなくゴチャついていて、ガス台の上にフライパンがある。フタを開けてみると…。

「どうだったの?」

この時点で、すでに若葉は笑いが止まらない。

「いや、見た目はそう悪くなかった」

孝太郎も半笑い状態だ。

ちょっと指をつけて味見をしようとすると、

「待て!」

と怒声が響いた。見ると父がカウンター越しに仁王立ちしている。なぜか外出用のコート

姿だ。「なに？」。事態が呑み込めずにキョトンとする息子には目もくれず、怒った声のまま、「行くぞ」「どこへ」「外だ」「なんで？」「飯だ」「はあ？」。

その後、父子は一言もしゃべらず、閉店間際のいつものレストランに落ち着いた。「あれ？二人お揃いで、きょうはずいぶん遅いね」と驚くシェフの自慢のハンバーグを黙々と食べたあと、やっと人心地ついたのか、父が一言。

「オイスターソースって、何だ」

こんなに笑ったのは久しぶりだ。このところ楽しい話題なんかなかったから。笑い過ぎて涙が出る。

「で、その野菜炒め、どんな味だったの？」

「いや、食べてないから分からない」

「えーっ⁉」

帰宅早々、壮一郎がキッチンに直行し、フライパンの中身をスーパーのレジ袋にぶち込んで、即ごみ箱行きだったらしい。

「もったいなーい！」

若葉が思わず声を上げた、まさにそのとき、噂の張本人が入ってきた。地元の医師会の納会からのご帰還だ。ほろ酔い気味なのか、上機嫌で「なになに、何の騒ぎだ？」と聞く。姉弟はまた顔を見合わせて吹き出した。

それから、父親の宴会みやげの寿司折を囲んで、親子三人のささやかな忘年会となった。若葉は、アルコールはもともとあまり強くないし、治療を始めてから飲まないようにしている。食生活にとくに制限はないが、薬の効果で甲状腺ホルモンが下がってくると、代謝が適正化し、かえって食べすぎで太ることもあるらしい。若葉の場合、血糖値も正常なので、いまのところ、それほど気にすることはないという。

酔った勢いもあって、この日の壮一郎は珍しく饒舌だった。診断内容について若葉の報告を受け、いちいちそれに補足解説を試みる。ややうざい感じもするが、病気への理解を娘にできるだけ深めてほしいと願う親心からなのだろう。また、親友の治療計画が、どれほど信頼に足るものかということを強調しているようにもみえた。

「ホルモンってさ、すげえ複雑なんだな」

孝太郎が、自分の調べた資料をパラパラめくりながら横やりを入れる。

「ん？　ホルモンは、複雑な味ってか？」

ギャグをかましたつもりの親父を一瞥スルーして、

「俺、ホルモンっていったら、女性ホルモンと男性ホルモンしか知らなかった」

人間の体は環境の変化に左右されず、一定の状態を維持できるようにできている。これを、ホメオスタシス（恒常性維持機能）といい、免疫系もその機構に含まれる。そして、外界の変化に対応して絶妙にバランスをとりながら、その機構を維持する役を担うのが、神経系（自律神経）と内分泌系、すなわちホルモンだ。ホルモンは、内分泌系の情報伝達物質（メッセンジャー）といわれるもので、全身のいたるところでつくられている。現在のところ、百種以上が確認されているが、この分野の奥行きは深く、まだ研究の途にある。

甲状腺ホルモンはこのうちの、主として新陳代謝をつかさどる。体にとり込んだ各種の栄養成分を活用し、細胞組織を発育させ、心身を活性化するために、なくてはならないものだ。とりわけ胎児期から成長期にかけては、成長や知能、精神の発育にも大切な役割を果たすだけに、その分泌機構は、脳の視床下部および下垂体によって、緻密にコントロールされている。

甲状腺が産生するホルモンは基本的にT_3（トリヨードサイロニン）とT_4（サイロキシン）の二種類。ほとんどがタンパク質と結合して休止しているが、このうち作用を発揮しているのは、T_3の０・３％、T_4の０・０３％といった、ほんのわずかの結合していない遊離型甲状腺ホルモンで、血液検査では、この遊離型T_3（ＦT_3）、遊離型T_4（ＦT_4）を測定する。

甲状腺ホルモンが足りなくなると、視床下部から分泌されるＴＲＨ（ＴＳＨ放出ホルモン）が増加し、下垂体で分泌するＴＳＨ（甲状腺刺激ホルモン）を上昇させる。さらに、甲状腺ホルモンの不足は同時に下垂体でのＴＳＨの分泌も促進させる。この二つの作用によってＴＳＨが増えることにより、甲状腺が刺激されて甲状腺ホルモンの分泌が促される。

反対に、甲状腺ホルモンが増えればＴＲＨ、ＴＳＨの分泌は抑制され、甲状腺からの甲状腺ホルモン分泌も抑えられる。血中の甲状腺ホルモン量はこうして、つねに一定の範囲に保たれているわけである（これを「ネガティブフィードバック機構」という）。

「やっぱ全部、脳からの指令なんじゃん」

孝太郎が感じ入ったように、手にした資料をポンと投げ出した。

「まあ、男性ホルモンとか女性ホルモンっていう使い方は、医者はあまりしないしな。そんなに簡単な括りでいえるもんじゃないんだ」

「ふーん、なんか、うっちー、すげえな」

孝太郎が思わず感嘆するのを受けて、

「何？　すげえ？　何がすげえんだ？」

と、壮一郎が茶化して切り返す。だが、若葉はそのとき、超音波検査の画像で見た自分の甲状腺を思い出していた。

「なんか、リボンみたいな、チョウチョみたいな形だった」

「ああ。そうだな。ああみえて、内分泌腺の中じゃ一番デカい臓器なんだ」

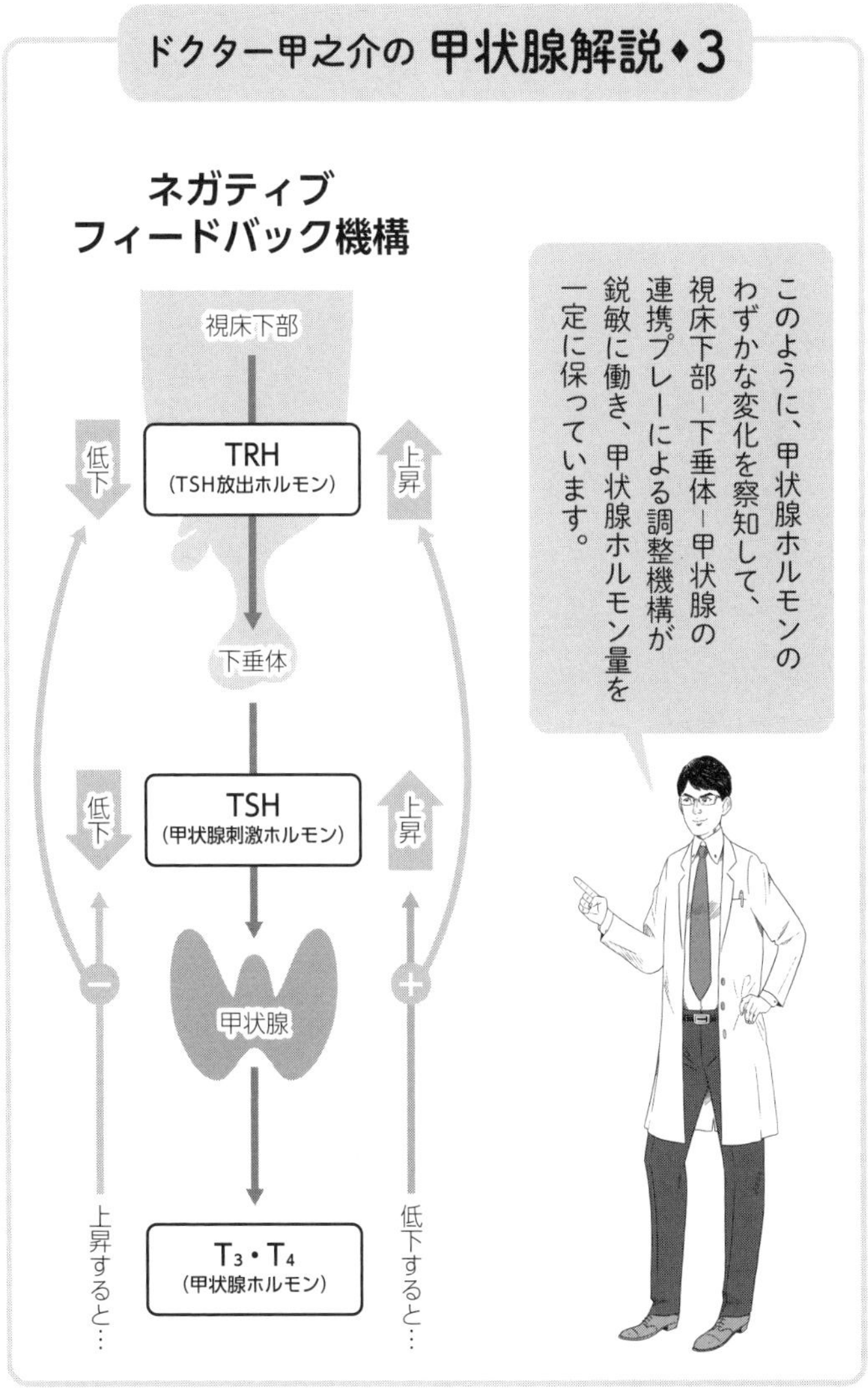
ドクター甲之介の 甲状腺解説◆3
ネガティブ
フィードバック機構
視床下部
TRH
（TSH放出ホルモン）
下垂体
TSH
（甲状腺刺激ホルモン）
甲状腺
T3・T4
（甲状腺ホルモン）
低下
上昇
低下
上昇
−
＋
上昇すると…
低下すると…
このように、甲状腺ホルモンのわずかな変化を察知して、視床下部−下垂体−甲状腺の連携プレーによる調整機構が鋭敏に働き、甲状腺ホルモン量を一定に保っています。

「臓器なの？　そうなんだ」

少しの間、三人とも黙り込んでいた。音量を絞ったオーディオのＦＭラジオから、ひっきりなしにクリスマスソングが流れている。

♪ *Don't you worry 'bout my thyroid thing*
（『MY LITTLE CHRISTMAS WISH』 by Naoko Ichiizumi）

「けど、まあ、内田に任せておけば大丈夫だ。子どもだってできるっていってただろう？」

沈黙に耐えられなかったのか、壮一郎は自分を励ますように、幾分大きな声でいった。

「うん…」

若葉は顔を上げ、固く結んだ唇に、少しだけ笑みを浮かべてうなずいた。

第三章

決意

外来三日目

　年が変わって初めての診察日。内分泌内科の待合室は、いつもより患者が多く、冬枯れた外の景色とは対照的に、大勢の人たちのひといきれでむせ返っていた。顔を紅潮させ、汗を拭きながら若葉が診察室に入ると、内田は真っ先に「お待たせしました」とにっこり笑う。

「湿疹は治まったみたいだね。かゆみはどう？」

「ほとんどありません」

「じゃあ、かゆみ止めの薬は中止していいね。甲状腺ホルモン値も半分くらいまで下がっているから、このままメルカゾール®を継続しよう」

　若葉はもう少し話したかったが、次の患者が待っているのでそうもいかない。しかし、診察室を出る間際に、内田がカルテに目を落としながら声をかけた。

「お正月はどうだった？　ゆっくり過ごせた？」

「うん、まあまあ」

「そうか。よかった」

　それだけで、若葉はなんだかホッとした気分になる。十分に話せなくてもきっと、内田は自分の気持ちを分かってくれている。根拠はないけれど、そんなふうに思えるのだ。

内田にはそう返事をしたが、今年の正月休み、実は、ゆっくり過ごせたとはいいがたい。年末、夫の徹は、新しく担当になった量販店の手伝いで、大晦日まで仕事だったし、双方の実家を日帰りで行き来しただけで終わってしまった。実際には気忙しく、そしてやや憂うつに過ぎていったというのが本音である。

前年までは、大晦日の紅白歌合戦が終わると、親子三人、地元の氏神様へ参るのが習わしだった。これは、綾子が亡くなる前からのことで、母の没後も毎年変わらず、冬休みに友達とスキーに行こうが、デートがあろうが、部活やバイトでギリギリになろうが、父親は何もいわないのに、孝太郎も若葉もその習慣だけは欠かさなかった。「大の大人が気持ち悪い」とか「紅白が消滅するまで続けるつもりか」などといい合いながら、それこそ〈やらないと気持ち悪くて年が明けない〉といった感じなのだ。

しかし、二日に実家へ帰ったときに尋ねたところ、早くもその不文律は破られたらしい。

「親父、酒飲んで寝ちゃって、全然起きねえんだもん」

仕方がないから一人でチャチャッとお参りしてきたと孝太郎がいう。リビングのソファで年越し。「院長先生のやることですかね」。

なんだかんだと尻を叩いてくれる娘の不在が、意外なところに影響をもたらしているようだ。

「ったく、氏神さんに姉ちゃんのこと頼むんじゃなかったのかよ」

「バカヤロ、医者が神頼みしてどうする」

「じゃ、なんで毎年行くんだよ」

そんな父子の口喧嘩も、なぜか若葉の心を和ませる。前日とは違って…。

元旦のきのうは、二人で徹の実家へ行き、夜遅く帰宅した。東京都下の甲斐家までは車で一時間ほど。着くとすでに二人の義姉もいて、おせちの支度の最中だった。若葉もさっそく手伝おうとするが、姉妹に母親も加えて女三人が台所に立っているのも、ただでさえ手狭だし、新妻は座っていなさいと、早々に茶の間へ追いやられた。バタバタと立ち働く女たちの一方で、長女の夫と義父の伸明《のぶあき》は、のんびりと茶をすすりながら世間話をしている。徹もすぐにその輪に加わったが、若葉はそうもいかない。これで子どもたちの相手でもできればいいのだが、甥っ子姪っ子の誰も、祖父母の家には来ていないので、ますます若葉は手持ち無沙汰だ。

長女の光枝《みつえ》には息子が二人いるが、中二の長男は野球部の練習、小六の次男は今年受験で、正月もなく追い込みの塾通いである。「男の子なんて、つまらないわよー。すぐ親離れしちゃう」というのが、目下の姉の口癖だ。一方、次姉の晴美《はるみ》にも小学生の娘がいるが、きょうは夫の実家へ一緒に行っているらしい。家業を継いだ夫の親族には、年齢の近い女のいとこもいて、そっちのほうが楽しいんだろうと晴美は事もなげにいう。

　やがて、大人ばかりの膳がととのい、正月祝いの宴が始まる。義父の伸明は、それほど酒が強いほうではないが、きょうはいつもより盃がすすんでいるようで、すでに耳まで赤い。長女夫婦も二人ともたしなむ程度だ。一番強いのは次姉の晴美で、そのペースは徹をしのぎ、甲斐家のザルと呼ばれている。しかも、いくら飲んでも酔っ払うということがない。市役所勤めの父のツテもあって、市の福祉事務所に非常勤で働いているが、職場でも酒豪で名が通っているらしい。

　酒席の話題は、当然ながら、新婚の末息子夫婦が中心になる。二人のなれそめから交際時代の思い出、結婚式のエピソード、新居での生活、男所帯となった瀬戸家のこと。そして、これも自然の成り行きで、話は若葉がいま一番触れてほしくない方向へとすすみ始めた。

「ねえ、あんたたち、子どもは？」

　前置きもなく切り出したのは長女の光枝だ。弱いのに、きょうは結構飲んだのか、目がトロンとしている。

「まだ予定はないよ」

　徹がぶっきらぼうに答える。

「えーっ、なんで？　若葉ちゃん、ほしくないの？」

　若葉が答えを探していると、

「結婚したばかりじゃん、まだいいよねぇ。新婚でいたいよね」

助け舟を出してくれるつもりか、晴美が口を挟んだ。

「でも、つくろうとしたら、できないってこともあるでしょ」

「まあ、そうだけど…」

姉の勢いに押されて、晴美も口ごもる。

「そう、そうでしょ。早いほうがいいのよ。晴美はいくつのときだっけ」

「私は二十五だったけど」

「二十五。母さんは二十一だったよね。ね、ね、若いうちに産めばラクだよねー。頼りになるし。私なんか、結構、徹の子守りしてたもん」

隣に座る徹の顔をちらっと見て、若葉は急に嫌な予感に襲われた。父親や義兄の相手をしながら、姉たちの話に油断なく聞き耳を立てている。口をへの字に曲げ、眉間にはシワが。相当機嫌を損ねている証拠だ。折を見て若葉の病気のことを報告するといっていたが、それどころではない。

姉たちのじゃれ合いはなおも続く。

「あのね、姉さん、子どもはね、タイミングってものがあるの。自分だって、もっと遊びたかった〜とかいってたくせに」

「何いってるの。あなたなんかできちゃった婚でしょ。あ、いまは授かり婚っていうのか」

「うるさいなあ、大きなお世話。でも、いまは娘が最高に可愛いもん」

「でしょう！　男の子だって、可愛いわよ。えっと、若葉ちゃん、いま、二十五？　六？　晴美と一緒ね。じゃあ、早すぎることないわね。それとも、まだほしくないとか？　仕事優先？　産休とれないとか？」

「マスコミ関係だもんね。あ、広告会社だっけ。忙しいの？」

「マスコミでも産休はあるでしょう。まさか、つくらないって主義じゃないよね。できないならまだしも。えっ、できないの？」

「うるさい!!」

　ついに徹が大声を上げた。見ると、血相を変え、仁王立ちで姉たちを見下ろしている。

「姉ちゃんたちには関係ないだろッ。これは俺と若葉の問題だッ」

　徹がこんなに声を荒げるのを初めて見た。若葉の心臓もバクバクいっている。これも病気のせいかな。いや、それにしては冷静に、この事態を受け止めている自分がいる。やっぱり薬が効いてるのかな……。

　呆気にとられ、半ば怯えるような目で弟を見上げる姉たちに向かって、

「そうだ。おまえたち、いいかげんにしろ。徹のいうとおりだ。これは二人の問題だ」

と、父の伸明がいった。びっくりするほど低くて強い語調だった。

そのとき、玄関の扉が開いて、「こんばんはぁ」と呑気な声がした。次姉の夫である。遊び疲れて寝てしまった娘を実家に置いて、晴美を迎えに来たという。それを潮に、一家はそそくさと片付けを始め、次女夫婦は夫の実家へ、長女夫婦も、子どもたちが帰宅するからと、帰っていった。酩酊気味で足元のふらつく光枝を支えながら、義兄は恐縮し、何度も頭を下げた。

「ごめんね、若葉ちゃん。悪気はないんだ」


それから小一時間ばかり、徹と若葉はその場に残り、くだんの懸念事項を両親に話した。病気については、酔いもあってか徹がうまくいえないというので、若葉自身で説明した。

「バセドウ病…」

両親は、やはりかなりショックを受けたようだった。症状について話すと、挙式のときのことを思い出したのか、義母の寛代《ひろよ》は、「そんなに大変だったの。気が付かなくてごめんなさいね」と目を潤ませ、かえって若葉のほうが申し訳ない気持ちになった。当然ながら、二人とも甲状腺のことも、バセドウ病のことも、よく知らないようで、終始黙って聞くだけだったが、完治が難しいと伝えたときは、さすがにがっかりした様子で、二人のその表情を見ると、若葉の心も痛んだ。

ただ、徹と同様に、若葉を責めるようなことを一切いわれなかったのには救われた。「なぜ、こんな病気に？」とか「結婚前に分からなかったのか」といった言葉を聞けば、おそらく若葉はその場にはいられなかっただろう。なぜなら、若葉自身の中に、そんなふうに自分を責め苛む心が、ないとはいえないからだ。

そして、もう一点、いわなければならないことが残っていた。甲状腺ホルモン値が正常になり、寛解に向かうまでは、胎児への影響を考え、妊娠は控えなければならない。それを聞いて、両親は本当に驚き、きょうの娘たちの無礼な物言いやふるまいについて、まず心から謝罪した。

「徹が怒るのも無理はない。すまなかった」

知らないとはいえ、若夫婦を深く傷付けたことは間違いない。親として、こんなことは今後一切させないつもりだ。ただ、このまま姉たちに、病気のことを黙っておくのも難しい。

「どういったら、姉ちゃんたち、分かってくれるかな」

四人ともしばらく黙って、各々の想いに沈んでいた。まず、甲状腺ホルモンを正常値にしてから、薬を切り換える。しっかりと治療できていれば、妊娠出産できる。うっちーはそういってくれたけど、果たしてそんな日が来るんだろうか。そんな日が来るのを、みんなと一緒に待つことができるのだろうか。若葉自身が、自分の体がこれからどうなっていくのかも分からずにいるのに。

「治らないままでも、赤ちゃんを産めると、先生はおっしゃったのよね」

「はい」と答えたが、すがるような目をする義母を、若葉はまっすぐに見ることができなかった。これ以上ちゃんと説明する自信は、いまの自分にはない。ふと、思った。もし、母の綾子が生きていたら、同じような顔で私を見つめるのだろうか。そのとき私は、どんなふうに答えるだろう。

「私も、赤ちゃん、産みたいです」

それだけいって、若葉はうつむいた。

帰りの車は若葉が運転した。徹の酔いもすっかり醒めていたが、そこは母親の寛代が許さない。帰り際、「気を付けてね」と、寛代は若葉の手をそっと握りしめた。なぜかその手の感触を、若葉はいまも忘れられない。西へ向かう元旦の国道はさすがに空いていて、運転にあまり自信のない若葉でも、調子よくスピードを上げ、思ったより早く自宅に着いた。着替えもそこそこにベッドに倒れ込んだ徹が、枕に顔をうずめたままでいう。

「俺は、若葉がいればいいから」

その一言もまた、若葉にとって忘れられない言葉になった。

二人ともきのうの疲れが出たのか、なかなか起きられず、正月二日、若葉が実家に着いたのは、午後もだいぶ回った時間だった。取引先の量販店に立ち寄って、初売りの様子を見てくるという徹と途中で別れ、若葉は一人で実家への坂道を上る。小春日和というのがぴったりの陽気で、ひどく寒くもなく、一歩ずつゆっくり歩けば、少し前までのように息が上がることもない。やはり薬が効いているのかもしれないな。このまま元気になって、皆にも心配をかけることもなく、毎日を平穏に過ごせたらいい。よい年でありますように。

瀬戸家の男二人の正月は、すさまじく平穏だった。ダイニングテーブルに、食べ散らかしたおせちの重が、無造作に置かれている。

「デパートのおせちってさ、みてくれはいいけど、味はみんな同じなんだよな」

孝太郎は文句たらたらだが、大学生がデパートで重箱を見繕うだけでも評価しよう。若葉はさっそく菜箸を持ってきて、重箱の中身を手際よく詰め直していった。

「いいよ、どうせあとでまたほじくるんだからさ」

「そうだ、座っとけ。きのう、くたびれたんだろう」

「ううん、きのうは何もしなかったもん、お客様だったから」

「そうか…」

テーブルの脇で、若葉の箸さばきに目をやりながら、壮一郎が聞く。

「話せたか？」

顔も上げずに、若葉が答える。

「うん、まあ…。あとで話すね」

「やっぱり行っておかなきゃゲンが悪い」と年甲斐もなく駄々をこねる父と、「またかよー」とむくれる弟と一緒に氏神様へ初詣に行き、駅前のレストランで徹と落ち合って、初物の伊勢海老を堪能したあと、自宅へ戻り、きのうのいきさつを報告した。二人で申し合わせたわけではないが、義姉たちの問題発言については多くを語らないようにした。

「じゃあ、まあ、納得してくれたんだな」

「納得ってほどじゃないかもしれないけど…」

「まあ、納得してもらうっていう話でもないからな」

「そうですね。納得というのとは違うかもしれません。正直いって、両親は、納得していないかもしれません」

徹のその率直な言葉に、一同ちょっと驚いて顔を見た。

「かといって、説得できるものでもない。とにかく、若葉さんがちゃんと治療して、元気で健康になる。それしかないんだと思います」

徹は毅然として続けた。父の前では、いまだに若葉のことを「さん」付けで呼ぶ。

少しの沈黙の後、組んでいた両腕をほどいて、壮一郎がいった。

「そうだな。徹君、頼む。ご両親には機会があれば、僕からも話してみるよ」

外来四日目

血液検査の結果を見て、内田が口を開く。

「肝機能はいったんよくなってたけど、また少し異常がみられるね」

「えっ？」

若葉が驚いて目を見張る。

「いや、深刻なものじゃない。いままでに肝臓の病気にかかったことはある？」

「ないです」

「体がだるいとか、疲れやすいといった症状は？」

「うーん、そんなに感じないけど」

若葉を安心させるように、内田は「うんうん」とうなずく。

「甲状腺の薬の副作用で上昇することもあるんだ。念のため、薬を出しておくね。ウルソ®っていう肝臓の薬。毎食後一錠ずつね」

「分かりました」

「正月疲れもあるかもしれないね。なるべく安静にして、具合が悪かったら早めに受診してください。とくに異常がなければ、二週間後にね」

若葉が診察室を出ようとすると、思い出したように内田が声をかけた。

「あ、そうだ。近々親父さんと会うよ。親父さん、飲み過ぎてない？」

「ですね」

「やっぱり」

内田が愉快そうに笑う。

「親父さんにもウルソ®、処方したほうがいいかもね」

外来五日目

二月に入り、いよいよ寒さが厳しくなってきた。とくに、きょうは朝からどんよりと曇って、雪でもちらちら落ちてきそうな空模様だ。若葉が初めて内田の病院を受診してから、三カ月目に入るところで、数値も安定してきたようである。

「FT_3とFT_4は正常範囲に入ってきたね。甲状腺機能がよくなってきているということだ。肝臓の検査値も問題ない。ＴＳＨがまだ低めだから、正常値とまではいえないけど…。ＴＳＨのことは前に説明したよね」

下垂体から分泌されるＴＳＨ（甲状腺刺激ホルモン）は、甲状腺を刺激して甲状腺ホルモンを産生させる役割を果たす。すなわち血中の甲状腺ホルモンが多いことを、脳が感知すれば、ＴＳＨの分泌はわずかな変化でも抑制され、逆に、甲状腺ホルモンが減ると、ＴＳＨの分泌は増える仕組みだ。体はこのシステムを的確に作動させ、つねに甲状腺ホルモンの量を調整している（61ページ解説参照）。

甲状腺疾患の血液検査では、甲状腺ホルモンと同時にＴＳＨの数値も追っていく必要がある。今回、若葉のバセドウ病は、メルカゾール®の服用によって、血中の甲状腺ホルモン量が正常範囲まで低下してはいるが、甲状腺を刺激するＴＳＨの低下の程度は、測定可能な最低量未満、つまり感度未満（０・００５μIU／ml未満）だ。これは、視床下部―下垂体―甲状腺軸のフィードバック機構が働いて、甲状腺ホルモンがなんとか正常に保たれているという状態を意味する。

「でも、この調子ならＴＳＨもちゃんと調整役を果たしてくれそうだから、薬を少し減らしてみよう。メルカゾール®の処方を一日三錠から一錠にする。もし、動悸とか息切れとか、寒くても汗をかくようなことがあったら、早めに来院するようにね」

診察を終え、雪のちらつきそうな病院通りを駅に向かって歩く。若葉の足取りはいつもより軽かった。〈薬が減った〉。それだけで、少し気持ちが温かくなる。薬を減らせば、また甲状腺ホルモンが高くなるかもしれない。けれど、いまはこの温かい気分に浸ろう。ウキウキしない程度に。下垂体とか視床下部が、何だっけ？　ＴＳＨ？　ＴＲＨ？　よけいなプレッシャーをかけないように。

そういえば、うっちーは、父に会ったんだろうか。飲み過ぎて、うっちーに変なプレッシャーをかけなきゃいいけど。


週末、いつもの店のカウンターで、壮一郎と内田は待ち合わせをした。カウンター席にしたのは、二人ともあまり時間がとれないという理由からだ。年明けから春にかけては、開業医も勤務医も何かと忙しい。おかげで二人だけの新年会もずいぶんとずれ込んでしまった。

店に入るなり、壮一郎は、「薬量減ったって？」と声をかけてきた。

「ああ、来週、経過がよければ、予定どおり受診も月一ペースに変更だ」

「おお！」

当然ながら、内田も壮一郎も、患者のことは普段しゃべらない。よほど難しいケースで、他科の医師の見解を聞いてみたいと思ったときに、ちょっと相談してみる程度だ。しかし、若葉の場合は違う。壮一郎も、いちいち若葉本人に病状を聞くのをはばかられるから、こんなふうにたまに会って、互いの情報を交換するのが一番いいのだが、それほど頻繁というわけにもいかないのが実情だ。

「正月帰って、あちらの両親に話したって？」

「ああ。ただ、十分に説明できたか自信がないとかいってたな」

「うん、そうだろうな」

「とくにな、姉が二人いるんだよ」

「姉？　徹君に？」

「うん。わりあい年が離れている。どうもそれがヤイヤイいうそうだ」

「ああ、子どものことか」

「うん、たぶん。あまり詳しくは聞かなかったけどな」

「そうか…。手強そうだな」

「まあ、いざとなったら、つべこべいうなって黙らせればいいんだろうけどな。徹君もそんなようなことといってたし」

内田はしばらく黙って、ウイスキーのロックグラスを傾けていたが、やがて思いがけないことをいった。

「経産婦は、妊娠とか出産とか、誰でも簡単にできると思ってしまうんだろうか」

妊娠出産は、女性だけに与えられた能力であり、特権だ。いうまでもなく、その辛労も、悩みも、そして喜びも、男には到底推し量ることはできない。しかし、同性であっても、そういえるのではないか。顔かたちが違うように、その内容も、抱える事情も一人一人違う。自分が経験したからといって、誰もがそれと同じだとはいえないはずだ。もちろん出産は病気ではないが、命が命を産むというとてつもない作業なのだ。できるとかできないとか、つくるとかつくらないとか、軽々に口にするものでもない。

普段あくまで冷静な内田が、珍しく熱く語るので、壮一郎はいささか面食らった。しかし、分からなくもない。胎内に宿る受精卵の半分は、生物学的には赤の他人の男のものだ。それを受容する母体のリスクについて、自己免疫疾患の治療を専門に行う人間が、鈍感でいられるはずがない。

「奇跡だな」

壮一郎が思わず呟く。

「うん、奇跡だ」

内田も答えて、ちょっと照れくさそうにグラスを覗き込んだ。

「医者がいうのも変だけどな」

外来六日目

二月も半ばを過ぎると、なんとか冬を越せたかな、という実感が湧いてくる。頬に当たる風にも、ほのかに春のにおいが含まれているような気がして。実際、ちょっと歩いても汗が噴き出していたころのことを思えば、当たり前のように肌を刺す冷気が、若葉にはむしろ心地よい。

半休を取って朝一に病院へ。診察を済ませて昼休みが終わるまでに出社する。隔週でこんなふうに、うまく時間を配分することにもだいぶ慣れた。生活のリズムをなるべく乱さないようにと、うっちーにもいわれていた。病院通りにもいくつか、気軽に立ち寄るお気に入りの店ができて、仕事モードの切り替えに役立っている。

「前回、薬を減らしたけど、調子はどう？」

「絶好調です」

「ハハハ。そりゃよかった」

内田は目を細める。

「甲状腺ホルモンの値も悪化もなく良好だね。肝機能も改善したからウルソ®は中止しよう」

「あの、先生」

「ん？」

「甲状腺ホルモンの量を、測る日と測らない日があるけど、どうしてですか？」

「ああ、いま二週間に一回来てもらっているのはね、薬の副作用を検査するためなんだ」

抗甲状腺薬の副作用の表出を調べるために、通常、服用を始めて少なくとも二カ月間は、原則として二週間に一回検査することが推奨されている。内田の病院では、安全を見込んでそれを三カ月間としているのだが、甲状腺ホルモン自体については、それほど頻回に検査する必要はなく、一カ月に一回というのが普通だ。

「ちょうど次回で丸三カ月だね。いまのところ経過は順調だから、その次の診察は一カ月後になる。数値がよければ、受診する間隔はもっと延びるよ」


それからの二週間、若葉は、春を待つ子どものような気分で過ごした。体調はとてもよく、家事も仕事も段取りよく運び、いろんなことがスムースにはかどるような予感がした。いや、病気知らずの健康な人に比べれば、真に体の具合がよいとはいい切れないのかもしれない。毎朝薬を飲むときは、やっぱりいつも、ちょっと不安な思いに駆られるし、駅の階段を上るとき、不意に、また動悸が止まらなくなったらと、立ち止まることもある。でも、その分、ちょっとしたことに幸せを感じられるようになった。それは確かに実感する。いまの自分は明らかに、バセドウ病になる前の自分とは違う。

ただ、何が違うのか、自分でもまだうまく説明できない。無理をしなくなったってことぐらいか。それも、なんとなくそんな気がするだけだ。会社の同僚は、「昔の若葉に戻った」というし、親友のエリコやカスミは「いつもの若葉だ」と笑い、徹は「楽しそうだね」という。そして、決まって付け加える言葉は父と一緒だ。「よし」「それでよし」。

外来七日目

診察室に入ってきた若葉を、内田はいかにもうれしそうに迎えた。

「いい状態が維持されているね。潜在性というレベルが続いている」

ＴＳＨが測定感度未満から0・2μIU／㎖と測定可能範囲になっているということだ。潜在性甲状腺亢進症は、甲状腺ホルモンが完全に正常値内にあり、ＴＳＨのみが基準値を下回るという意味で、顕在性と区別される。甲状腺ホルモンが正常化すると、下垂体から分泌されるＴＳＨも正常になるはずだが、それには数週間という時間がかかるため、こうした事態が生じるのである。実際、人間ドックの成績を総合的にみると、甲状腺機能亢進症と診断されない人の中にも、一〜二％の割合でみられるというデータもある。

「予定どおり、次回は間隔を空けて、一カ月後の来院になるね」

「はい」

「あ、親父さんにも報告、よろしく」

軽く右手を挙げて、内田がいった。なんだか敬礼するみたいな恰好で、若葉は思わず吹き出した。

四月に入り、若葉の身辺はにわかに慌ただしくなった。勤めている広告会社には、去年辞めた後輩に代わって、新卒の女子社員が入社してきた。直属の部下というわけではないが、担当する取引先もいくつか重なっているので、実質の指導係は若葉ということになる。明るくてそこそこ気の利くいい子だが、なにしろ仕事の性質上、覚えることが多すぎて、一から教えるのはやはりなかなか手間が要る。

そのうえ、徹が新規に担当するエリアが大幅に拡大し、出張の回数も格段に増えた。疲れ切って帰宅する徹を毎日のように見ていると、もはや若葉は、自分のことより夫の体がよほど心配になる。

外来八日目

一カ月ぶりの受診である。総合病院の前庭の桜はすでに満開で、エントランスには薄紅色の花びらが数葉散り落ちていた。

「良好だね」

開口一番、内田はいった。

「好中球、肝機能、ともに正常だよ。潜在性甲状腺亢進症の状態は変わらない。つまり、バセドウ病がうまくコントロールされているということだ。薬は二カ月分処方するから、なくなる前に受診を予約するようにね」

　外へ出ると、花曇りの空に映える桜の大樹は、ほの白く大人びてみえた。二カ月後にはすっかり花も散っているだろう。でも、葉桜も好きだ。そしてふと、若葉は思った。〈あ、しばらくうっちーと会えないんだ〉。

　ところが、その一週間後、若葉は熱を出して寝込んでしまう。原因はよく分からない。ただ、ここのところ、ちょっと忙しい日々が続いて、体調管理がおろそかになっていたことは事実だ。寝ていれば治ると若葉はいったが、心配した徹から孝太郎経由で連絡を受け、その日の午後に受診できるよう内田が手配した。徹に付き添われて診察室に入った若葉が、

「ただの風邪みたいです」

　といったところ、

「それは検査してから判断することだよ」

　と、いつになく内田に一喝されてしまった。バセドウ病の治療で最も懸念されるのが、前述したように好中球減少症だ。安易な自己判断は症状の悪化を招きかねない。

　ただ、若葉の顔を一目見て、内田は少しホッとしたようだ。

「三八・五度か。熱はいつから？」

「きのうの夜から」

「ほかに症状は？」

「喉が痛くて」

「あとは？　筋肉痛とか、関節痛とか、血尿や蕁麻疹はない？」

「筋肉痛と頭痛、かな」

「それは発熱による症状かもしれない。すぐに血液検査で調べよう」

採血の結果が出るまで三十分ほどかかる。一人でも大丈夫だから、会社に行くよう徹にいったが、結果が分かるまでは一緒にいるといって聞かない。

「白血球９８００／㎣、好中球は60％で５９００／㎣。好中球減少はなく、むしろ増多している。ただし、今後下がることも考えられるから、症状が改善しなかったらすぐに連絡するようにね」

熱で紅潮した顔で、若葉は微笑んだ。徹も安堵の表情を浮かべて、深々と頭を下げる。

「肝臓の働きも悪くなっていない。心配ないよ、よかった」

内田は、まるで自分にいい聞かせるようにいった。

その後、隣の棟の一般内科を受診し、風邪薬を処方してもらって、タクシーで帰宅した。徹と別れ際、いつのまにどこで仕入れたのか、かわいいおにぎり弁当を手渡された。帰ってからそれを食べ、薬を飲んで、ぐっすり眠り、夜遅く、夫が帰ってきたのも気付かなかった。

外来九日目

前回の受診から二カ月経った。急患で診てもらったあと、丸二日会社を休み、風邪はすっかり快復したのだが、後日、その話を聞いて以来、壮一郎が週に一度は必ず電話をかけてくるようになった。業務連絡とかいって、ただ若葉の体調に探りを入れてくるのはみえみえで、これにはさすがに閉口した。孝太郎にグチっても、「俺がいって親父が聞くかよ」とお手上げ状態だ。ただ、おかげで、受診しない間も自分の体調に気を配るクセがついた。もしかしたら、聞き取りの内容を、父はうっちーにいちいち報告しているかもしれない。そう考えれば、うざい電話も若葉にとっては大きな安心材料といえる。

「良好だね。甲状腺機能は正常化した。ＴＳＨも正常範囲だ」

久しぶりに会った内田は、満面の笑顔で、若葉の見方が悪いのか、内科部長というより、ただの身内のおじさんだ。

「いま服用しているメルカゾール®を一日一錠から二日に一錠に減量しよう。薬が減ったら気分も楽になるよ」

ＴＳＨが正常値になったことの意味は非常に大きい。甲状腺ホルモンのＦT_3、ＦT_4が回復すると、いったん低下して甲状腺機能を調整しようとしていたTSHも正常に回復することは、先にも述べた。しかし、その調整には多少の時差があり、TSHの数値を確定するのにやや時間がかかるのだ。今回の血液検査で、甲状腺ホルモンが正常になったあと、TSHも正常化したことが明確になった。内田の笑顔はそれを物語ってもいる。次の受診は三カ月後だ。

「薬を減量して、もし、動悸がしたり、汗をかきやすいとか手が震えるようなことがあったら、すぐに来院するんだよ」

うっちーはそう念を押してから、

「よし」

と、小さくガッツポーズをしたように、若葉には見えた。

外来十日目

若葉がバセドウ病と診断されて、九カ月が過ぎ、季節も秋めいてきた。前回、メルカゾール®を二日に一錠に減らしたが、体調は良好で、今回の検査でも甲状腺ホルモン、TSHともに正常範囲に落ち着いている。甲状腺機能は正常化したといっていい。

「そろそろ妊娠のこと、考えてもいいね」

内田に促されて、「はい」と返事をしたものの、若葉にはまだ少し不安があった。

先月の夏休み、夫の徹にようやく長めの休暇が取れて、新婚旅行らしいことができた。といっても、若葉の病気の件もあり、海外はやめて、以前から行きたかった北海道のリゾートホテルに二泊するというささやかなものだ。帰宅したその足で、徹の実家を訪ねると、ちょうど盆休みで、姉たちも家族と一緒に集まっていた。どんなふうにいいふくめられたのか、二人とも、前回のような話には一切触れなかった。態度もなんだかよそよそしくて、若葉のほうがかえって戸惑ってしまう。

子どもたちを連れ、近所のお祭りへ行くというのを、旅の疲れを理由にして、若葉は遠慮することにした。甥っ子たちが、久しぶりに会った若い叔父さんを離さないもので、徹もしぶしぶ付き合うことになり、膝を痛めているという義母の寛代と二人で留守番となった。

徹の実家は、東京都下の古い木造家屋である。この日は湿気も少なく、縁側から涼やかな風が通ってきた。

「お隣から桃をいただいたの。岡山のご実家から届いたんですって。みんなには内緒ね」

ほどよく冷えた桃は、甘くて少し酸味があり、ちょうどいい硬さで、思わず「美味しい！」と笑みがこぼれる。

「お義母さん、膝の具合は？」

「大丈夫。普段動いている分は、そんなに痛くないの。ただ、あの神社の階段がねぇ」

「ああ…」

二人、目を見合わせて微笑む。

「あなたは？」

「えっ？」

「若葉ちゃんは、どう？　具合。食べものとか…、食べちゃいけないものとかはないの？」

「ええ、そういうのはないみたいです」

「薬は、飲んでいるんでしょ？」

「はい。でも、だいぶ減りました」

「そう？　じゃ、よくなってるのね」

若葉は黙ってうなずいた。

「お正月は、本当にごめんなさい。あの子たち、勝手なことばかりいって」

「いえ…」

思い切って聞いてみた。

「あの、どんなふうに、お姉さんたちに話してくださったんですか」

「ああ、お父さんがね。適当に」

「病気のことも?」

「うん。晴美のお友達にもね、同じ病気の人がいるんですって。でも、もう子どもも二人いるから…」

そういってから、寛代はハッと口に手を当てた。若葉が目を伏せ、少しの沈黙のあと、

「あのね、若葉ちゃん。これ、初めて話すけど」

寛代は決心したように、話し始めた。

「晴美と徹、少し年が離れているでしょう。実は、その間にもう一人いたの」

末っ子の徹とすぐ上の姉の晴美は七歳違い。長女の光枝とはちょうど十歳離れている。

「流産したの。あのころちょっと、いろいろあってね。だから、徹が生まれたときは、ほんと、うれしかった。これ、徹にはちゃんと話してないんだけど」

若葉は何も言葉が継げず、黙って義母を見つめていた。

「お産って、大変なことよ。三人産んだ私がいうのもナンだけど。だからね、若葉ちゃん、焦らなくていい。私は病気のことはよく分からないけど、若葉ちゃんが、ああ、もう大丈夫だ。いまなら元気に産んで、育てられる、だから、赤ちゃんがほしい。そんなふうに思えるようになってからで。だって、その先のほうがずっと長いんだから」

「はい…。ありがとうございます」

義母の気持ちが痛いほど伝わってきた。けれど、そんな気持ちにさせるなんて。それこそ、病気になるなら、出産後でもよかったのに…。温かい言葉が、なおさらまた、若葉の心に小さな波を立てた。

「さ、桃、食べちゃおう。みんなに見つかるとまずいから」

翌日は瀬戸家に里帰りし、母の墓参りを済ませたあとは、孝太郎が借りてきたＤＶＤを見ながら、のんびりと過ごした。二十歳過ぎの男子にしては、孝太郎の趣味はおかしい。借りてきたのはなんと森繁久彌の社長シリーズと駅前シリーズ。「就活に役に立つんだ、これが」って、誰と話を合わせようというのだろう。

徹は、さすがに休暇の疲れが出たのか、『社長漫遊記』を見ながら、ソファでうとうとしている。ときどき薄目を開けて、笑うタイミングがズレたりしているが、嫁の実家でこのくらいリラックスできるのは悪くないな、と若葉は思う。

一方、きのうの話をかいつまんで若葉から聞いた壮一郎は、神妙な顔だ。ダイニングテーブルには、早くも北海道土産の松前漬けが開げられている。

「そうか、お義母さん、そんな話を」

「うん、心配してくれてるみたい」

「やっぱり、ちょっと一回、話したほうがいいかな」

「えっ、私の病気のことを？　お父さんから？」

「うん。まあ、門外漢でも医者は医者だからな」

父がそんなことをいっていたと話すと、意外にも内田は、

「それはいいね」

と賛同した。

「親父さんなら、うまく話してくれるよ」

午前中の診療は、若葉で最後になるらしく、診察室はいつもより人声も少なく、ひっそりとしている。

「オタマジャクシがカエルになるときね、甲状腺ホルモンが使われるんだよ」

「えっ？」

何の話？　若葉がキョトンとする。

「ヒトもね、十代の前半には、甲状腺ホルモンがたくさん使われる。二次性徴、体が大人に変わるときだね。そのときは、思春期甲状腺腫といって、甲状腺が少し大きくなることもあるんだ。甲状腺ホルモンというのは、生物が発育、成長していくときに、本当に大事な働きをする

んだよ」

ただ、お腹の中の赤ちゃんは、初めのうちは自分の甲状腺が発達していないから、お母さんの甲状腺ホルモンが必要だ。なければ困る、また、多すぎても困る。だから、薬で、甲状腺ホルモンの濃度を正常範囲に調節しておく。逆にいえば、適切な治療を続けて、母親が健康な人と変わらない状態を維持する限り、甲状腺ホルモンによる異常が起きるはずなどないのだ。

内田の説明は、若葉の心の中にストンと落ちた。

「夫と相談してみます」

「うん。そうだね。次回は三カ月後。治療を開始してちょうど一年だから、超音波検査をしよう。そのあとは、薬の変更も含めて、しっかりまた計画を立てていこうね」

第四章　希望

秋もだいぶ深まったある日、壮一郎のクリニックに、思いがけない来客があった。若葉の娘婿、徹の両親である。

その日は土曜日で、午前中までの診療時間が例のごとくずれ込んだが、それもまもなく終わるというころ、若葉から連絡が入った。孫娘のバレエの発表会を観に横浜まで来た甲斐夫妻が、若葉がプロジェクトにかかわっている百貨店のオータムフェアに立ち寄り、帰りがけにこっちへ足を伸ばしたいといっているとのことだった。徹も大阪へ出張中だし、自分も仕事で遅くなるから同行できないし、たぶん挨拶程度のつもりだろうから、応対してほしい。「一言お礼をいいたいといってたから…。お願いね」。

電話口で若葉は妙に含みのあるいい方をする。実は、以前医局で一緒だった整形外科の後輩が、今年開業したクリニックが、徹の実家に比較的近く、義母の寛代が膝痛だと聞いて紹介したのである。それが夏の終わりごろだった。若葉の病気について、いずれ自分が説明するといったのに、壮一郎はそのことをすっかり失念し、果たしてどんなふうに会うきっかけをつくろうかと思いあぐねていたところ、相手のほうからやって来てくれたのだ。急なことで戸惑いながらも、とりあえず、いつものレストランに席だけ予約を入れておいた。

徹の両親が壮一郎のクリニックを訪ねてくるのは、むろん初めてである。学生時代から交際していたから、子ども同士は長いこと行き来して気心が知れているはずだが、双方の家族が顔を合わせたのは、挙式の前に横浜の中華料理店で一度だけだ。いや、若葉が大学二年のときだったか、孝太郎と一緒に学祭を冷やかしに行ったとき、たまたま出くわして紹介されたことがあったので、二度か。いずれにせよ、クリニックはおろか自宅にも招いたことはないし、壮一郎が甲斐家を訪ねる機会もない。

日も暮れかけたころ、来訪した甲斐夫妻を出迎え、挨拶もそこそこに、ひととおりクリニックを案内したあと、ふた駅先のレストランまでタクシーで向かった。店の前で寛代が「ああ、ここ」と、思わず小さな声を上げた。「徹がよく話していたんですよ。すごく美味しいお店だって」。それを聞いて、壮一郎の緊張もようやく解けた。伸明も恐縮しながら笑顔を見せる。

シェフは気を利かせて一番奥の席を用意してくれていた。「徹君のご両親」と紹介すると、「おお！」と愛嬌を崩して、威勢よく挨拶し、そのあとは早々に厨房へと引き上げていった。

「膝の具合はいかがですか？」

「おかげさまで、痛みもすっかり取れました」

本当にいい先生を紹介してくれたと、夫婦して頭を下げる。

「奥様のこともよくご存じだそうですね」

「ああ、若いころはしょっちゅう家に遊びに来てました」

「そうなんですか…。お会いしたかったわ」

伸明がちょっと眉をひそめて、たしなめるそぶりをすると、寛代は慌てて、
「あ、若葉ちゃん、きょうもテキパキ仕事してましたよ。元気そうで安心しました」
と話題を変えた。

若葉の会社が販促やディスプレイの一部を請け負っているオータムフェアは、駅周辺の百貨店やテナントビルが共同で毎年開催している結構規模の大きなイベントである。今年はそのうち駅ビルの展示の一つを若葉たちが任され、若葉はそのサブリーダーとして、準備段階から携わっている。当初はチーフディレクターを務める予定だったが、病気のこともあり、大事をとってサブに回らせてもらったらしい。それでも、期間中は裏方とはいえ業者の手配やトラブル処理など煩雑な作業が多く、現場に詰めっぱなしだ。本人は、「大丈夫、無理はしないから」といっていたが、壮一郎は大いに心配し、孝太郎を偵察にやっただけでは気が済まず、先週末には自分も一人で赴いた。

大勢の客の一人を装って、気付かれないようにそっと様子を伺ったが、目に留まった若葉は、義母の寛代のいうように、テキパキと仕事をこなし、病気のことなど何ら気にするふうではなかった。歩くスピードこそややセーブしているように見えたが、後輩のスタッフに声をかけ、さりげなく指示を出し、上司らしき人物と真剣な顔で打ち合わせたり、売場の担当者と屈託な

く談笑する娘の姿は、いつも目にする若葉そのものだった。

帰り道、ふと思い付いて、関内まで足を伸ばし、日本大通りを歩くことにした。イチョウ並木はいまが紅葉の真っ盛りで、暮れ始めた街のビルのウィンドウに、鮮やかな黄金色が映っている。若いころは、たまに横浜に来ると、このあたりから中華街、山下公園、それから山手へと、綾子と二人で飽きもせず歩き回ったものだ。綾子は公園通りのほうが、まるでイチョウの絨毯を敷いたみたいで素敵だといっていたけれど、自分は道幅の広いビル街に整然と並ぶ、この大通りのイチョウ並木のほうが好きだ。

そういえば、綾子は、なんで若葉に「若葉」と名付けたんだろう。九月生まれなんだから、「もみじ」でもよかったんじゃないか。いや、何なら一番好きだといっていた「さくら」でもよかったか。いや、やっぱり若葉だ。あれは若葉だな。綾子、グッジョブだ。歩きながらそんなバカげたことをつらつら考えるうちに、壮一郎はふいに、複雑な想いにとらわれた。

この一年あまりの間に、家族を取り巻く環境は、実にめまぐるしく変化した。その第一が若葉の結婚、そして発病だ。しかし、薬も減量し、内田の話では、数値も順調で、若葉のバセドウ病はうまくコントロールされている。このままいけば、まもなく若葉は、母親になる準備を始めることになるだろう。実際、きょうの若葉を見れば、全く心配ない。正直ホッとした。治療が効果を上げているだけでなく、仕事も、日々の生活も、支障なく運ばれていることを若葉自身が実感している。少なくともそんなふうに、壮一郎には見えた。

うまくいえないが、若葉はおそらく、次の階段を上ったんだろう。父親の下にいた、これまでの彼女とは違う場所へ。たとえこの先、病気と一生付き合わなければならないとしても、若葉はそれを十分に理解し、受容し、病気を自分の一部として、どんな場面も乗り越えていく。そう思えたのだ。

晩秋の冷気を含んだ海風を頬に受け、夕闇の並木道を歩きながら、あのとき感じていた、なんともいえない安堵感と、わずかな懸念と、ふがいない自分。そして、そこに潜む一抹の寂しさは、いまも複雑に絡み合ったまま壮一郎の胸にある。


お茶で済ませてもいい時間だったが、シェフのすすめもあり、早めの夕食をとることになった。その案は功を奏したといえる。適度なボリュームと飽きの来ないメニュー立ては同年代の三人を大いに喜ばせた。会話が途切れるたび、見計らったように絶妙のタイミングで料理が運ばれ、お任せコースの醍醐味を存分に堪能し、コーヒーが運ばれてから、壮一郎が静かに切り出した。

「薬の量が減ったようです」

夫妻は黙ってうなずいた。すでに聞いているのかもしれない。

「次の検査が良好であれば、時期を見て薬を切り換え、妊娠に備えることになるでしょう」

「薬は」「赤ちゃんは」

甲斐夫妻が同時に聞き返したが、伸明はそのまま口をつぐんだ。

「赤ちゃん、つくってもいいってことですか？」

寛代の目は心なし輝いている。

「はい。薬を切り替えて三カ月ほど副作用などの経過を観察し、問題なければ妊娠可能です」

「薬を」

こんどは伸明が問いかける。

「切り替えるということは、やめるわけではないんですね」

「そうですね」

とたんに、寛代の表情が曇る。壮一郎は意を決して説明を始めた。

「いま服用しているのはメルカゾール®という薬です。抗甲状腺薬として第一に選択されるものので、副作用も少なく、おかげで若葉も順調に回復しました。ただ、この薬は、妊娠初期に服用していると、わずかですが胎児の奇形発生率が上がるので、妊娠を希望する場合は、プロパジール®という、そういった副作用の可能性が少ない薬に切り替える必要があります」

「その、プロパジール®というのは、副作用の可能性はないんですか？」

「いえ、副作用が一〇〇％ないという薬はありません。どんな薬も同じです」

「妊娠中は薬を飲まないということはできないんでしょうか」

寛代が口をはさんだ。切羽詰まったような語気に少し気圧されながら、壮一郎は続けた。

ある文献によれば、プロパジール®を服用した場合の奇形発生率は約四％、これは健康で薬を服用していない場合の確率と同じである。一方、何らかの理由によりプロパジール®が服用できず、メルカゾール®を服用した場合、その奇形発生率は約六％になるといわれる。だから、もし、四％なら許せるが、六％は許容できないとなれば、手術または放射性ヨード治療をして、抗甲状腺薬を使わなくてもいい状態にしてから、妊娠に備えることになる。

「四％と六％…」

伸明は難しい顔をして腕を組んだ。

「若葉のケースはおそらくプロパジール®への変更は問題ないと、主治医はいっています」

壮一郎は、もう一度、念を押すように繰り返す。

「薬を飲んでいても、いなくても、その四％の発生率を許容できないとなれば、妊娠そのものをあきらめるということになります」

壮一郎は、先日内田にレクチャーされた内容を、細心の注意を払いながら、言葉を選び、丁寧に説明した。まるで自分にいい聞かせるように話すうちに、すっかり平静を取り戻していた。

「甲状腺ホルモンは、胎児の成長にとっては欠かせないものです。例えば、思春期の二次性徴のときなんかは、かなり使われます。そのくらい大事なものなんですが、あまり高すぎると、ある意味、お腹の中で大人になってしまうというんでしょうか、成長が止まったり、妊娠中毒や流産、早産を起こしやすくなります。だからまず、母体の甲状腺機能を正常化させることが不可欠で」

「そのための薬なんですね」

伸明が組んでいた腕をほどく。

「そうです」

「よく分かりました。ありがとうございます」

一転して晴れやかな表情を見せた伸明に、壮一郎は思わず、

「ご心配かけて、申し訳ありません」

と頭を下げた。とんでもないと夫婦は大きくかぶりを振る。

「私も、高血圧の薬を飲み始めました。妻の膝もあれですし、年には勝てませんね。あ、これは関係ないか」

三人、顔を見合わせて笑い、コーヒーのお代わりを注文する。

「若葉の病気は、まあ、あれですが、うまくコントロールすれば、日常生活に支障はありませ

ん。普通に過ごせます。幸い、主治医は私の同期で、信頼できるやつなので」

「ああ、専門の先生なんだそうですね。それを聞いて安心したんですよ」

果たして内田の指南どおりに話せたかどうか自信はないが、甲斐夫妻は何とか納得してくれたようだ。壮一郎はやっと人心地がついた。

「しかし…」

二杯目のコーヒーを一口飲んだ伸明が、ちょっと困った顔をする。

「うまく説明できるかなぁ、あのうるさい娘どもに」

「大丈夫ですよ。あの子たちも母親なんだから」

寛代の言葉には自分を励ますような響きがあった。

外来十一日目

病院通りのポプラ並木は、すっかり葉を落とした幹の一本一本に、上品なデザインのクリスマスエンブレムが掛けられている。若葉がこの商店街の飾り付けを目にするのは二度目だ。昨年は分からなかったが、よく見ると、いつも見慣れた横浜の華やかな飾り付けとはずいぶん違う、住宅街の落ち着いた意匠である。仕事柄気付いてもよさそうなものなのに、見過ごしてしまったのは、やはりあのころはそれどころではない心境だったのだろうか。

　若葉が内田の病院に通院し始めて、丸一年経った。超音波検査では、バセドウ病特有のびまん性甲状腺腫はあるものの、腫瘤などの病変はなかった。甲状腺機能は半年間、正常を維持し、ＴＲＡｂも陰性になっている。

「徹君とはじっくり話せた？」

「はい。主人の両親には、父が話してくれました」

「そうか、それはよかったね」

　内田はうれしそうに顔を輝かせた。たぶん、うっちーが父にきちんと説明の仕方を手ほどきしてくれたんだと思う。病気のことではあるけれど、専門外だし、こと身内の話となると、どこか怖気づいてしまう父だ。ちゃんと理解できて感謝していると、徹経由で義父母の話を聞き、若葉もホッとしたところだ。

　内田のほうも、きょうの若葉の様子を見て、思うところがあった。きっと徹とも前向きに将来のことを話し合ったのだろう。薬を変更し、治療を継続しながら、妊娠出産する。その静かな覚悟が、若葉の中に見て取れた。

「じゃあ、今後の治療方針について、もう一度確認させてください」

「はい」

「バセドウ病は完治するわけではない。それは理解しているよね」

「はい」

「だから、治って薬を中止するという考え方は、基本的にはない」

「はい」

「甲状腺ホルモンが良好であれば薬を減量する。これまでの経過のようにね。そして、薬をゼロにしても悪化しなければ、寛解したと判断される」

「寛解…」

「うん。しかし、順調に薬をゼロにしても、約三割の人が再燃してしまうんだ」

若葉はちょっと目を伏せた。再燃するかしないかの予測は困難だ。しかし、甲状腺があまり大きくない人、TRAbが陰性の人、そして、発生から治療開始までの期間が短い人は、再燃しにくい。つまり、寛解しやすいとされている。

「若葉ちゃん、いや、甲斐さんは、このうちの一番目と二番目に該当する。また、はっきりとは分からないが、薬が奏功していることを考えると、三番目にも当てはまると思う」

若葉が黙って顔を上げた。瞳が期待の光を含んでいる。

「もちろん、大きな仕事を控えていたり、環境が大幅に変わることになったりして、甲状腺機能の悪化が予測される場合は、少量継続することもあるけど、七〇%の寛解に入ることを期待して、メルカゾール®を減量から中止の方向で考えてもいいかもしれない」

三カ月後の診察で、良好な状態を継続できていることが分かれば、ここであらためて、プロパジール®に薬を変更し、妊娠準備へのスタートを切る。

「じゃあ、三カ月後にね」

「はい」

と答えてから、若葉は小さく「あ、」と声を上げた。

「三カ月後…」

三カ月経ったら、季節はもう春だ。今年は、正月休みが明けるとすぐに診察の予約が入っていた。そんなに長いことうっちーと会わずに過ごすのだろうか。

若葉の微かな不安を見て取ったのか、いま思い付いたように軽い調子で、

「あ、そうそう。新年会のこと、親父さんにいっといてくれる？　僕が予定を知りたがってたって」

「あ、はい」

そうだ、何かあったらすぐに相談すればいいんだ。ホッとして、若葉は内田に向けて笑顔をつくり、膝に置いた両手を少し挙げ、小さなガッツポーズをつくった。内田もまた、左手のこぶしを軽く握ってそれに応えた。

「よし！　じゃあ、ひとまず、よいお年を、だね」

「はい。よいお年を」

若葉たち夫婦が迎えた二度目の正月は、去年とは打って変わって穏やかに過ぎた。瀬戸家と同様、正月はあまり遠出をしない主義の甲斐夫妻だが、父の伸明の古くからの友人が、毎年予定している箱根旅行に急な所用で行けなくなり、キャンセルもできないので、代わりに行ってくれないかと、暮れもだいぶ押し迫ってから、打診してきたのだ。周囲も、せっかくだからと夫婦水入らずの温泉旅行をすすめ、年末年始にかけて、出かけることになった。となると、子どもたちも里帰りの理由がなくなる。それに、長姉の光枝のほうは、こんどは長男が高校受験、次姉の晴美も、夫の実家に泊まりがけで行くそうで、珍しく一同がバラバラである。もっとも、各世帯ともそう離れて住んでいるわけでもなく、会おうと思えばいつでも会える。正月だからといって、わざわざ毎年皆で集まるほうが、むしろいまは珍しいかもしれない。

若葉たちにとっても、いい骨休めになった。このところの仕事の忙しさで、徹もバテ気味だったし、若葉も昨年は本当にいろいろなことがあった。久しぶりの休暇を若夫婦二人でのんびり過ごしながら、新しい年に向けて、いろいろ計画を練るのもいいだろうと、寝正月を決め込んだ。元日は遅めに起きて、本格的にはいかないが、ささやかな二人分のおせちめいたものをつついたあと、新居の近くに見つけた氏神様へトライアルで初詣に出かけ、翌二日は、前触れなくふらっと若葉の実家へ顔を出した。リビングでは弟の孝太郎が一人でテレビの初笑い番組を見ている。

「あれ、お父さんは？」

「うっちーとゴルフ」

「えーっ？　聞いてない」

「なんか急に決まったらしい。キャンセルが出たとかなんとか」

「えっ、こっちも⁉」

聞けば、孝太郎も明日から卒業旅行で沖縄に行くとのこと。こっちもみんなバラバラだ。ついに瀬戸家の新年ルールも崩れ去ってしまったみたいだ。

孝太郎は、この春、大手の製薬会社に入社が決まっている。何を思ったか、早い段階から就活先を畑違いのＭＲ（医薬情報担当者）一本に絞り、どんな手を使ったのか、昨秋早々に内定を取り付けた。しかし、壮一郎いわく、「俺は一切関知していない」。いまは、ゼミの卒論の仕上げと、四年次まで持ち越した必須単位を落としたらシャレにならないとばかりに、せっせと大学に通い、最後の学生気分を満喫しているところだ。

三人で小一時間過ごしたあと、「就職祝いもコミで」と冗談交じりに旅行の餞別を渡し、ぶつくさいう弟を残して若葉たちは引き上げた。

「孝ちゃん、なんでMRなんだろうな」

帰途の車を運転しながら、徹がつぶやいた。

「うーん、なんでだろう…」

父親が整形外科医といっても、孝太郎は自分が医者になることには全く興味を示さなかった。理系脳が皆無の姉とは違い、頭のデキもそう悪くはなかったので、その気になって必死で勉強すれば、どこかの医学部に引っかかった可能性もなくはない。また、母の綾子が生きていれば違ったのかもしれない。

いや、その気になったこともある。若葉もいま思い出したが、高三の秋になって突然医学部志望を宣言し、なぜか北大の医学部一本に絞って現役受験を決行したのだ。あえなく散って浪人生活を送ることになったが、結局、医学部熱はすぐに冷め、かねてからの希望どおり農学部に入学。本人は一時の迷いを大して気に病むこともなく、予備校通いもそこそこ謳歌し、父親の壮一郎のほうも、「それも経験」と笑って許していた。どのみち息子にクリニックを継がせるなんて気は毛頭なかったようだ。「開業医なんてやるもんじゃない」というのが父の口癖なんだから。理由はよく分からないけれど。

今回のことも、若葉には皆目見当がつかない。弟はもともと生物が好きで、専攻も確か微生物のほうだったから、てっきりバイオとか、食品とか、そっち方面の企業に行くのかと思っていた。それが、製薬会社なんて、ずいぶん医療寄りの業界を選んだものだ。しかも、頻繁に病院に通って、医者と親密に付き合うことになる仕事に。

〈やっぱり、私のことが関係しているのかな〉

運転席で黙り込んでいる徹も、たぶんいま同じことを考えているんだろう。ふと思い立って、若葉は話題を変えた。

「うちに子どもが生まれたら、孝太郎は叔父さんになるんだね」

自分でいって、ちょっと吹き出す。

「社会人ならいいだろ。俺なんか下手すると小学生で叔父さんだったぞ」

二人して笑う。

これまで何度も話し合った。初めのうち徹は、「焦ることはない、子どもなんていつだっていい」といっていた。しかし、それが本心からの言葉ではないことに、徹自身もやがて気付く。実をいうと、自分も怖いんだと。父親になることが。それ以前に、若葉の病気と向き合うことが。でも、若葉が産みたいのなら、したいようにすればいい。これは本心だ。すると、こんどは若葉が半泣きで抗議する。「そうじゃない、そんなこといってほしいわけじゃない」と。

こんなふうに、お互いの気持ちをぶつけ合うのは結婚以来初めてだ。いや、結婚前だってない。話し合うたびに、堂々巡りになり、でも着実に二人の意識は近付いていって、若葉の覚悟は強くなり、徹の腹も決まって、二人のプランはより確かで具体的なものになっていった。次の診察で、予定どおり薬を変更する。副作用がないと確認できたら、妊活開始。いつか、そのうちといって先延ばしにするより、うっちーのサポートの下で、緊密に連携を取りながら出産するほうが、二人の、そして未来のわが子にとって、はるかに安全安心だ。

正月は不在と聞いて、年の瀬に若葉一人で甲斐家へ挨拶に行ったときは、まだそのバトルの真っ最中だった。家には義母の寛代も一人で、開口一番、先日の三者会談の礼をいわれた。あらましは聞いていたが、若葉の病気のことを、壮一郎が素人の自分たちにも分かりやすく丁寧に説明してくれたのが、本当にありがたかったと。そして、若葉が何もいわないうちに、「二人で決めたことなら、全面的に応援する」と請け合ってくれたのだ。

何より、父の親友が信頼おける甲状腺疾患の専門医だという幸運を、「そんなこともあるのねぇ」と義母は手放しで喜んでくれた。

「赤ちゃんを授かる前にバセドウ病が分かったことも、治療後に計画立てて妊娠出産に臨めることも、二人にとってはとてもいいタイミングだったと思う」

そういわれて若葉は思わず涙ぐんだ。話し合いの決着は、この言葉が導いてくれたようなものだ。

外来十二日目

三月初旬、年が明けて初めての診察日、若葉は真っ先に、二人の協議の結論を報告した。内田は「うん、うん」とうなずきながら、ＰＣに「挙児希望」と打ち込んだ。

「甲状腺機能の悪化は認められないから、予定どおりプロパジール®に変更しよう。プロパジール®は効果が弱いので、二日に一回ではなく一日一回、朝食後に服用ということになる」

「はい」

「新しい薬になったから、副作用がないか確認しなきゃならない。そのため今後二カ月間は、メルカゾール®のときのように、また二週間に一回の検査を受けてもらう」

そういいながら、内田はちらっと若葉のほうを見る。

「二週間に一回で二カ月。分かりました」

若葉がにっこり笑ったのを確認し、内田は大きくうなずいた。

「その後一カ月、都合三カ月間だね。この薬で甲状腺ホルモンが抑えられているか、様子を見て…」

「三カ月間様子を見て」

「そう。それで良好であれば、その後」

「はい」

「妊娠可能になる」


それからの二カ月間、桜と若葉の季節をまたいで、若葉は二週間に一度、内田の病院に足を運んだ。一年前の習慣を再開したわけだが、まだ肌寒かったあのころとは違い、病院通りを歩くたび、空気は温まり、木々の緑が鮮やかになっていく。薬を変更しても、体調は全く変わらず、受診に向かう足取りも心なし軽く感じる。季節の変化とともに、若葉の心も晴れていくような気がした。


そして、外来十六日目、プロパジール®を服用し始めて丸二カ月経ち、副作用の兆候がないことから、次回は一カ月後の来院となった。

「一カ月、間が空いちゃうんですね」

若葉の言葉に少し不安そうな気配を感じて、内田が、

「ん、何かある?」

と聞き返した。

「いえ、大したことじゃないんです。ちょっと仕事が忙しくなりそうかなっていうくらいで」

若葉が勤める会社の取引先の一つである駅ビルに、この春、人気のベビー用品のブランドが初出店し、その販促ツール一式を受注することになった。駅ビル経由で一テナントの販促物を手がけるのは、きわめてまれなケースだが、これもうちの名物社長の営業力の賜物だろう。そして、そのチーフディレクターとして、若葉が選ばれたのだ。

「へえー、チーフディレクターか。すごいじゃない」

内田は目を細める。

「チーフといっても、ほとんど私一人で何でもやるんですけどね」

「じゃあ、忙しくなる？」

「ええ、まあ、始まってみないと分からないんだけど」

「ベビー用品か、いいねぇ。まあ、疲れない程度にペース配分して。無理しちゃダメだよ。体調が気になったら、早めに受診するようにね」

若葉がバセドウ病であることは、社内のほとんどの人間が知っている。小さい会社だから、みんな身内みたいなものだ。薬の変更にともない、副作用の有無を観察するため、二週間に一回の通院を再開することになったと告げたときも、誰もが快く送り出してくれた。ただ、その薬の変更理由が、妊娠に向けての準備の一つだということを知っているのは、ごくわずかしかいない。もちろん社長にもそのことを直接話してはいないのだ。

実は、ベビーブランドの担当を任される前に、ちょっとした騒ぎがあった。この話が舞い込んだとき、社長をはじめ若葉をよく知る上司たちは、文句なしに若葉をチーフに推した。しかし、若葉とごく近しい女性スタッフたちが難色を示したのだ。新婚の若葉にベビー用品の販促を任せる。夢いっぱいのようで聞こえはいいが、若葉は甲状腺疾患の治療中である。妊娠したくても妊娠できない。赤ちゃんがほしくてもつくれないかもしれないのに…。とりわけ若葉の事実上の部下である新卒女子などはかなり憤慨して、配慮のない男上司どもに対して「デリカシーがなさすぎる!」とブーイングしきりだった。

すべては若葉への気遣いから起きたことだ。それは分かっている。みんな自分の病気のことを思いやって、ふさわしいと思う仕事を割り当ててくれたり、本人の代わりに異議を唱えたりしてくれるのだが、若葉にとってみれば正直、ありがた迷惑である。新婚だけど子どもができないからベビー用品の販促でもやるといい。あるいは、病気で妊娠を制限されているのにベビー用品の販促に携わらせるなんて。どっちも違う。仕事だもの。

住宅街の路面店一軒のみで独自の商品展開をしながら、ファンを増やし続けてきたブランドが、満を持してオープンする新形態のショップ。一店舗だけで制作する販促ツールというのも異例だし、ブランドイメージも明確で、間違いなくやりがいのある仕事。会社が私を適任だと判断してくれたのなら、喜んで引き受けるだけだ。

幸い、いまのところ体調も悪くないし、経過も順調だ。とはいえ、治療は継続するから、今後もいろいろ面倒をかけることもあるかもしれない。それでも、ぜひ担当させてほしい。若葉はそう社長や上司にはっきり意思表示し、すでに先方との顔合わせも済んだところだ。今後は、事業計画に合わせて、本店の担当者と年間の販促プランを詰め、夏のギフトのキャンペーンあたりから徐々に手がけることになる。新店のほうにもしょっちゅう顔を出しているが、とにかく品ぞろえが可愛くて、ユニークで、見ているだけで幸せな気分になれる。だから、後輩には、「心配してくれてありがとう。でも私、この仕事ですっごく癒されてるよ」と答えておいた。

それにしても、持病を抱えながら仕事をするというのは、こういうことなのだろうか。自分の病気が、家族だけでなく、職場や、周囲のいろいろな人の心に、少なからぬさざ波を立てていることを、こんどの一件で若葉は思い知らされた。甲状腺の知識、バセドウ病の情報、そして若葉自身の病状も、いま抱えている事情も、それぞれ認識していることが全く異なる人たちに囲まれ、協力し合い、理解し合いながら、この先、この社会でずっと生きていくんだ。強くならなくちゃ。だって、母親になるかもしれないんだから。

外来十七日目

前回から一カ月の間をおいて、若葉が来院したのは、六月半ばのことだ。蒸し暑いわりにはちっとも雨が降らず、水不足が心配されていたが、二、三日前にポツポツ降り出して、ようやく梅雨らしくなってきたところだ。

プロパジール®に変更して三カ月、この日、ついに内田からゴーサインが出た。

「甲状腺機能は正常範囲だ。妊娠可能になったね」

次回の診察は三カ月後。ただし、その前に妊娠したら、なるべく早く受診すること。そのためには、月経が遅れたらすぐに検査薬で妊娠の有無を確認すること。

「検査薬は用意している？　ないなら、帰りに薬局で買っていったほうがいいね」

うっちーの命令系統、なんだかテキパキしている。粛々と任務を遂行する上官みたいだ。若葉は妙におかしくなって、わざと大きな声で返事をした。

「はいッ」

盆休み、徹の実家に帰省したとき、家にいたのは義母と長姉の光枝だけだった。義父の伸明は、自治会の寄合に呼ばれて留守、次姉の晴美は、娘の学童のキャンプに付き添うため、ちょっと立ち寄っただけで徹たちと入れ違いに帰ったそうだ。中庭と縁側と茶の間をバラバラと何人も出入りするのが、この時分の甲斐家の当たり前の風景なのに、きょうはひっそりしている。大きな紫檀の食卓には、料理も果物の皿もない。寛代が運んできた人数分の麦茶と水菓子があるだけだ。

光枝の子どもたちは、もう中学生と高校生。部活三昧の日々で、家でもろくに口を利かないくらいだから、母親と一緒に祖父母に会いになど来るわけがない。その年ごろの男子は皆そんなものだろうが、寛代の話によると、自転車なら自宅から二十分ほどの距離なので、二人とも学校帰りに甲斐家に立ち寄ったりして、案外ジジババ孝行しているらしい。

「いい子たちですねぇ」

お世辞抜きで若葉はそう感心した。しかし相手は「まあね…」と生返事だ。いつもの弾丸トークが続かない。きょうの光枝は明らかにおかしい。話しかけても上の空で、心ここにあらずといったふうだ。と、思ったら、

「私、離婚するかもしれない…」

突然の告白に弟夫婦は仰天する。聞けば、先月の終わりごろ、夫が急に、会社を辞めて独立するといい出したのだという。もう辞表も提出し、すでに退社している元同僚と、会社設立に向けて動き出しているとか。そんな大事なことを、自分に一言も相談もなしに、勝手に決めて

しまうとは何事か!?　光枝は烈火のごとく怒り、それが別れ話にまで発展したというわけだ。

「相談なしだなんて、そんなわけないじゃないの。お父さんだって聞いてたっていうわよ。あなたが取り合わなかっただけでしょう」

「だって、そんなの本気じゃないと思うでしょ。家のローンだってあるんだし。子どもたちだって、まだ学校があるのよ。学費はどうするのよ」

「ちょっと落ち着きなさいな。若葉ちゃんがびっくりしてるじゃない」

実際、若葉は驚いて口をポカンと開けていた。徹はなぜかにやにやしている。

「何がおかしいのよ」

「いや、別に」

「ほんとに、男なんて勝手なんだから。こっちの気持ちなんか一つも分かってないんだから。もう、何考えてるか分かんないッ」

意味不明な苛立ちの矛先は、徐々にこっちへ向いてくる。

「徹だってね、分かんないわよ。若葉ちゃん。いまは新婚だから優しいことばっかりいってるだろうけど、そのうち面倒くさいとかなんとかいい出すから」

「何だよ、面倒くさいって」

「徹、相手にしなくていいの」

寛代がすかさず口を挟む。

「だって、そうでしょ」

光枝が若葉をちらっと見て何かいおうとしたが、

「そうそう。お兄ちゃんね、レギュラーになったのよ」

「へえ、一年で？　結構強豪なんだろ？　あそこの野球部」

光枝の長男のことだ。寛代と徹の連携で、話題が変わってホッとしたのもつかの間、

「負けちゃったわよ、二回戦で。三年生が抜けたから、レギュラーなんていまだけよ」

きょうの光枝はどこまでもネガティブだ。無理もないが。

「子どもなんかねぇ。つまんないわよ。頑張って産んで育てたって、一人で大きくなったような顔するんだから」

こんどは若葉をしっかり見据えていう。

「だから、いっそいないほうがいいのよ、子どもなんて。二人だってこの先どうなるか分からないんだから」

「黙りなさい！」

徹が怒るより先に、寛代の喝が飛んだ。大の大人三人が震えあがるような、いままで聞いたことのない低くて凄みのある声だった。

翌日、瀬戸家に顔を出すと、弟の孝太郎は久々のデートとかで不在だった。しかし、毎日ヘトヘトで帰ってくる社会人一年生の奮闘ぶりや、若葉が担当している新しいベビーショップの仕事、そして、きのうの光枝のご乱心と義母の恫喝などなど、話題は尽きなかった。入社してすぐに会社のゴルフ部に入った孝太郎は、最初のコンペでいきなり優勝したという。「ビギナーズラックだろ」といいながら、壮一郎はちょっとうれしそうだ。何度か一緒に近所の練習場にも行ったらしく、力任せの自己流スイングだから、鍛え直してやらないと、なんて、たぶんハンデもすぐに追い抜かれると若葉は予測するが、父子二人暮らしに、共通の趣味があるのも悪くない。何より、二人がよく会話をしているのが分かる。

きのうの事の顛末を、徹はだいぶ脚色して、冗談交じりに語ったのだが、姉の光枝の話に、壮一郎は、「分からないでもないな」と意外な反応を示した。ちょうど若葉がキッチンで夕食の後片付けをしているときだった。

「何がですか?」

男は勝手だ。女の気持ちが分からない。

「でも、男も何考えてるんだか分からない。って、姉がいってました」

男二人、顔を見合わせてフフッと同時に笑う。

「笑えますね」

「ああ、笑える。でも、俺もそうだった」

綾子ががんの闘病中、妻がどんな気持ちだったのか、結局壮一郎には何一つ分からなかった。何をしてやればいいのか、どんな言葉をかければよかったのか、思いあぐねているうちに、妻は逝ってしまった。そして、綾子のほうも、こんな自分の想いに、気付いていたかどうか。

「ずいぶん話し合ったんだってね、子どものことで」

「はい」

「うん、それがいい。結局俺は、医者という職業の自分を優先してしまった。夫としての気持ちよりね。それが正しかったのか、間違っていたのか、いまも分からない」

キッチンで若葉が何か口ずさんでいる。お気に入りのアニメのテーマソングみたいだが、鼻歌にしてはデカい声だ。

「でも君は、一緒に生活する人間として、若葉と話すことができるんだから。病気のことも、若葉を通して、これからゆっくり知っていけばいい」

徹は黙ってうなずいた。

第五章　出産

内田のもとに、若葉の妊娠の知らせが届いたのは、十月の初旬、猛暑日が続く長い夏のあと、季節外れの台風がいくつも列島を駆け抜けて、ようやく秋が深まり出したころだった。

「あれは予感だったか」

内田はふと思い出した。外来十八日目となる前月、ちょうど大型台風が夜半関東に最接近するという雨の中、来院した若葉の顔を一目見て、なんとなくいつもとは違う印象を受けたのだ。バセドウ病の治療が生活に溶け込み、体調も安定していて、このところの若葉はすっかり落ち着いていたが、あのときの若葉には、それに加えて、心なしか以前より大人びて、思慮深い中に強い意志を感じさせるような雰囲気を漂わせていた。誰かに似ている。そうだ、亡くなった綾子さんだ。〈お母さんに似てきたな〉。

あれから数日足らずの間に、若葉は自身の体の変化を察し、内田のいい付けどおり、検査薬を使用して妊娠の確認をしたということだ。

妊娠検査薬は、尿中のｈＣＧ（ヒト絨毛性ゴナドトロピン）というホルモンに対する反応により、妊娠の有無を判定するための試薬である。ｈＣＧは、受精卵が子宮に着床して初めて分泌されるもので、妊娠四週目ぐらいから尿中にも排出されるので、判定結果が陽性の場合、妊娠と分かるわけだが、実はＴＳＨ（甲状腺刺激ホルモン）とよく似た構造を持っている。

妊娠の報告を受けた翌週早々、予定を繰り上げて来院した若葉を、内田は、「おめでとう！」と満面の笑顔で迎えた。主治医というより、父の友人のうっちーの顔である。若葉は夫の徹と相談し、出産は、内田の総合病院の産婦人科でと以前から決めていた。電話で知らせを受けたときにそれを聞いた内田は、「それはいい！　そのほうが断然安心だ」と喜び、早速、同僚の産科医長に声をかけた。きょうの午前中、初めての診察を受けてきたのだという。若葉は妊娠六週目。予定日はまだ明確ではないが来年六月五日あたりだという。初診時のエコー写真は、朝から付きっ切りだった徹が、昼食の間も大事そうに眺めて手放さないので、そのまま持たせて午後の出勤に送り出したらしい。

「よほどうれしかったんだね」

実際、若葉ご懐妊の報は、瀬戸家、甲斐家はもちろん、周囲の人々に台風並みの騒ぎをもたらした。徹は、そろそろ年末商戦の準備が始まるというのに、なぜかほとんど定時に帰宅し、かいがいしく家事を手伝う。年中「疲れた〜」を連発していたのがウソのようだ。父の壮一郎は毎日電話をかけてくるし、弟の孝太郎も、なんだかんだと顔を出す。これが出産までずっと続くのだろうか。いや、産まれてからも。義父母はさすがに、まだ安定期にも入っていないのだからと静観してくれているようだが、徹宛てにはしょっちゅう電話やメールが届くらしく、直接話さなくても、やきもきしているのは同じだ。初めての内孫の誕生を、本当に心待ちにしていたのである。

「血液検査の結果も良好だ。甲状腺ホルモン値も安定しているね」

採血のデータを見た内田からいわれて、若葉はひとまずホッとしたが、

「しばらくは現状のプロパジール®一錠の服用を続けてもらうね」

という言葉に、承知しているとはいえ、ちょっと不安がよぎる。だが、内田は意外にもにっこり微笑んで、

「妊娠初期はね、赤ちゃんは甲状腺ホルモンをつくれないから、お母さんが提供するんだよ」

なんだか妙にうれしそうで、もっと話したくてうずうずしているふうだったが、そこへ、書類を携えた看護師が入ってきて、何か内田に耳打ちした。急ぎの用件が発生したらしい。黙ってそれにうなずき、内田は若葉に向かって一言だけいった。

「甲状腺ホルモンのコントロールはすごく大事だから、いままでどおり薬を続けながら、月に一度は検査していこうね」

「はい」

安定期に入れば、産科のほうも四週に一回の健診なので、ちょうど甲状腺の外来と同じペー

スですすめることができる。一カ月に一度、同じ病院の科を二カ所かけ持ち。なんだかめまぐるしいような、ウキウキするような。これまでとちょっと違う毎日が、またやって来るのかな。

〈うっちー、何を話そうとしてたんだろう〉

　来月はその話をゆっくり聞く時間があるんだろうか。若葉は、さっき帰り際に見せた内田の、まだ話し足りないような、名残惜しそうな表情を思い出していた。

外来二十日目　妊娠十週

四週間後の外来日は、前回より話す時間があったものの、こんどは若葉のほうがそれどころではなかった。先に採血を済ませて結果を待つ間、診察室に入ってきた若葉の顔を見た瞬間、内田が尋ねた。

「つわり、だいぶきつい？」

「はい…」

　実際、二週間ほど前から、急につわりがひどくなり、ここのところ、ろくに食事ができない。ご飯を炊くにおいに始まり、味噌汁も卵料理もダメだ。大好きなイタリアンのチーズやトマトのにおいにもムッとする。唯一口にできるのはインスタントのお吸いものぐらいである。テレビとかで、妊婦がレモンを食べるシーンをよく見るが、若葉の場合、果物も受け付けない。週末、父親が気を利かせて、高級メロンを孝太郎に持たせてくれたことがあったが、半分に切ったとたんその甘い香りに吐き気が止まらなくなった。ちょうど熟れごろでもったいないからと、結局、徹と二人でたいらげて、「すげぇ贅沢」と弟は満足げに帰っていった。

こんなふうだから、仕事にも支障を来しがちである。昨年のオータムフェアが好評だったため、今秋も同じ駅ビルから会社宛てにオファーがあったが、開催間際に妊娠が分かり、社長の配慮で、若葉はイベントへの直接関与は控えることになった。ただ、同じビルに入っているベビーショップのほうは、若葉がメインの担当なので、どうしても期間中、顔を出さないわけにいかない。

この駅ビルの中というのが曲者なのだ。人が多くて盛況なほど、空気がよどんでいて、しばらくいると頭がクラクラしてくる。赤ちゃんができたことを手放しで喜んでくれた店長もスタッフも、若葉の憔悴し切った様子に驚き、何かと気を遣ってくれるのだが、「お気遣いなく」といいつつ、来店早々、奥の椅子に座りっぱなしでは、情けないやら申し訳ないやら恐縮してしまう。

また、自分も結構辛かったから、何でも相談に乗るねと請け負ってくれた先輩ママの同級生カスミでさえ、事情を聞くと、「それはちょっとひどいね…」と黙り込む始末だ。

とはいえ胎児の成育は順調だし、つわりは二～三週間で治まるから、もう少し頑張って。産科医にはそういわれ、吐き気止めを処方された。嘔吐が続くなど、あまりにも重篤な場合は、重症性妊娠悪阻と診断され入院することもあるそうだが、若葉はそこまではないらしい。ひっきりなしに襲ってくる吐き気と悪寒をこらえながら途切れ途切れに訴える若葉の話に、辛抱強く耳を傾けていた内田の手元に、採血の結果が届いた。若葉も一緒にその用紙を覗き込む。

「ＦＴ$_3$とＦＴ$_4$は、少し高くなりかけているね。それを修正するためにＴＳＨが低下している。甲状腺中毒症だ。おそらく妊娠性一過性甲状腺機能亢進症だろうが、バセドウ病の再燃も考えられないことはないので、念のためＴＲＡｂと、それからｈＣＧを測定しよう。さっき採った血液で追加検査ができるから、もうしばらく待ってもらえるかな」

　看護師に採血検査の追加を指示すると、不安そうな若葉に向き直り、

「こないだの続きだけど」

　と、内田はのんびりした口調で話し始めた。

「ずっと前に、オタマジャクシの話をしたよね。覚えてる？」

　若葉がうなずく。

「赤ちゃんが育つには、甲状腺ホルモンがすごく大事なんだけど、赤ちゃんは最初のうち、自分ではつくれない。だから、お母さんの甲状腺ホルモンが頼りなんだ。一番必要とするのが、

そう、いまの若葉ちゃんぐらいの時期で、だいたい妊娠七週から十五週ぐらいには、お母さんの甲状腺機能が少し亢進した状態になることがあるんだよ」

「バセドウ病じゃなくても？」

「うん、そうだね。この時期を過ぎれば、赤ちゃんの甲状腺も働き出すから、お母さんからもらう必要がなくなって、自然に元に戻るんだ」

ヒトの、とくに女性の体は本当にうまくできていて、胎児が最も成育する妊娠初期に母体の甲状腺機能が一時亢進する場合がある。妊娠性一過性甲状腺機能亢進症と呼ばれるものである。これは、先述した妊娠時にのみ産生するｈＣＧ（ヒト絨毛性ゴナドトロピン）というホルモンが、ＴＳＨ（甲状腺刺激ホルモン）とよく似た構造を持っているからだといわれている。ＴＳＨと同様に、上昇するｈＣＧの作用によって甲状腺ホルモンの分泌がさらに促されてしまうことになるわけだ。

人間が生命を維持するために、甲状腺ホルモンは必ず体内で一定量に保たれなければならない。そのセーフティネットがあるからこそ、お腹の中で赤ちゃんを育てるときも低下しないよう、多めにつくろうという母体の機能が働くわけである。

追加検査の結果を見て、内田は「うん」と一度うなずいてからいった。

「ＴＲＡｂは陰性だったよ。バセドウ病の可能性は極めて低い。ｈＣＧは７５０００㎖U／㎖だ。

まず…」

　じっと見つめる若葉の視線を感じながら、内田は続けた。

「ｈＣＧが３０００㎖U／㎖以下なら、妊娠性一過性甲状腺機能亢進症ではない。若葉ちゃん、甲斐さんの場合はそれを超えているから、妊娠性一過性甲状腺機能亢進、また、現段階ではバセドウ病の再燃もともにあり得る。甲状腺機能を検査するには、甲状腺シンチグラフィーがあるけど、放射性同位元素を使うから妊娠中はできないし、とにかくこのまま経過を見よう」

「再燃も、あり得るんですか…」

　つわりの苦しさに加え、若葉の表情がみるみるこわばる。その顔を真っ直ぐ見つめ、いっそう柔和な声で、内田がいった。

「ｈＣＧの数値が高いと、つわりもひどくなりやすいんだ。でも、それだけ赤ちゃんのために甲状腺ホルモンが確保されているということだから、もうしばらく頑張ってくれないかな。えっと、次の産科の健診は再来週？」

「はい…」

「うん。もし、心配なら帰りにまたこっちに寄るといい」

「…はい」

「心配ないから。ね。赤ちゃんも頑張ってるから」

病院通りのポプラ並木は、散り残した葉を寒々と枝に付けたまま、規則正しく連なっている。すっきりと掃き清めた道沿いに、歳末のオーナメントが飾られるのももうすぐだ。駅までの道を、季節を感じながら往復するのが、若葉の習慣になって、来月で丸二年になる。さっきまでの胸のムカムカは、なぜか止んでいて、晩秋のひんやりした空気は、むしろいまの若葉には心地よいくらいだ。

そういえばきょう、胎児エコーで、初めてお腹の赤ちゃんの心拍を見たのだった。モノクロのモニター画面の中で、まだなんだかよく分からない丸い形のものが、トクントクンと動いていた。八十九ミリとか、先生はいってたけど、シュワンシュワンと妙に勢いのある動きに、目が釘付けになって、あのときも不思議とムカムカは止まっていた。二年前、自分の甲状腺を初めて超音波で確認したときと同じ、なんともいえない命の感覚。チョウチョのような、リボンのような形の、首元でトクトクと動いていた小さな甲状腺。二つの映像が、寒空の下で重なり、若葉の脳裏によみがえる。

つわりがひどいのは、赤ちゃんのために、甲状腺ホルモンがたくさん確保されているから。うっちーにいわれたとおり、そんなふうに考えれば、この苦しさも乗り切れるような気がする。

若葉は少し元気を取り戻していた。「大丈夫。再燃なんてない」。声に出して呟いていた。まずは、お母さん（つまり私）も、頑張って美味しいものを確保して、力をつけよう。いま食べたいものはなんだろう。冷たくて、甘酸っぱくて、ちょっと歯ごたえがあって…。あ、そうだ。いつだったか、徹の家で、お義母さんに食べさせてもらった桃。でも、この季節にあるかなあ…。

外来二十一日目　妊娠十四週

若葉のつわりもだいぶ治まってきた。食事も少しはとれるようになったし、土日は毎週ベッドから起き上がれなかったのに、先週末は久しぶりに高校の同級生のエリコとカスミに誘われて、ヒルズのクリスマスイルミネーションを観に行った。

何も食べられないというと、周囲は何か口にさせようとして、好物は何かと必ず聞く。ところが、とっさに若葉には思い付かない。幸か不幸か好き嫌いというものがなく、幼いころから、出された料理は何でも食べる。美味しいものは大好きだが、まずくて食べられないと思ったことがないのも、若葉の特技みたいなものだ。育ててくれた母の綾子に感謝だが、弟の孝太郎のほうは、偏食の食わず嫌い王ときているから、同じ姉弟なのに不思議である。

しかし、栄養不足を心配して「何が食べたい？」と聞かれ、「何でもいい」と答えるのもちょっと気が引ける。「敢えていうなら、桃かな」なんて、季節外れの代物を期待もせずにリクエストしてみたら、あにはからんや、桃本体ばかりかゼリー、桃ジュレ、桃まんじゅうなどなど、和洋の高級スイーツがどっさり届いてしまった。恐縮しながら一口、二口運ぶうちに、ほかの食べ物も、だんだん喉を通るようになったというわけだ。

食べられるようになれば、自然と血色もよくなり、いつもの快活な若葉である。内田はにっこり笑って、検査結果の用紙をパッと持ち上げ、

「ほら！　甲状腺機能は一カ月前よりよくなってるよ。バセドウ病の悪化じゃなかったね」

「よかったぁ〜」

若葉もやや大げさに応じる。バセドウ病の再燃により、妊娠を継続できないかもしれない。そんなことあるはずがないと思ってはいても、一抹の不安はやはり拭えなかったから、それを聞いて心底ホッとしたのは確かである。

産科の健診も、安定期に入れば、トラブルがない限り妊娠七カ月までは月に一回となる。吐き気止めの処方もなくなった。

「食べられるようになったんだね。よかった」

「はい。ただ…」

一つだけ、まだ食べられないものがある。ブロッコリーだ。徹の実家から先日、安産祈願のセットと一緒に、箱いっぱいのブロッコリーが送られてきたのだが、ゆでたときの湯気のにおいだけで、毎回ウッとなる。葉酸が妊婦にいいからという親心は分かっていても、いささか持

て余し気味である。

「葉酸はねぇ。確かに妊婦さんには大事だもんねー」

うっちーは「うふふっ」と笑って、半ば面白がっているようだ。

「あ、ブロッコリーと一緒に昆布とかワカメも送られてきたんです。あれはどうなのかな。ヨード…？」

「ああ、ヨウ素ね」

甲状腺ホルモンの原材料となるのがヨウ素（ヨード）であることは、ある程度知られている事実だ。海に囲まれている日本では、豊富なヨウ素を含む海藻類をふんだんに摂取できる。いまや世界共通語となったＵＭＡＭＩのもとといえる「だし」には、海藻の中でもヨウ素の含有量がけた違いに多い昆布が使われているのだ。しかし、内陸部など世界の多くの国では、ヨウ素の摂取が足りず、とくに妊婦のヨウ素不足は深刻で、米国をはじめとして、ヨウ素を加えた塩やサプリメントなどを食生活に取り入れるよう呼びかけている国もあるほどだ。

「まあ、日本人はヨウ素が不足するということはないと思うけどね」

人間の体というのは、それほど単純なものではない。ワカメや昆布をたくさん食べるといっても限度があるし、第一、余分なヨウ素は甲状腺に取り込まれず排出されるようなシステムが、人間にはちゃんと備わっている。

世界では、ヨウ素不足で一年に三〇万人もの子どもが命を落としているともいわれる。それを考えれば、むしろわが国は恵まれているといえるだろう。また、バセドウ病の場合、ヨウ素を含んだ食品を使って念入りに経過を観察しながら、甲状腺ホルモンをつくり過ぎないようコントロールする治療法も実際にあるのだ。

「海藻だけじゃなく、野菜にだって、ヨウ素は含まれているんだよ」

内田はいつもの柔和な調子で釘をさした。

「要は、何か一方に栄養が偏るのがよくないんだ。バランスよく食べるのが一番だね」

やっぱり、好き嫌いがないのはいいことなんだ。

「まあ、お義母さんも、若葉ちゃんの体を思ってのことだもんね。乾燥昆布や塩ワカメなら長持ちするから、食べたくないなら保存しておいて、食べたいときに適量とればいい。あ、そうだ。ブロッコリーのディップって、知ってる？　簡単で絶品だよ。家内の受け売りだけど」

こんど、レシピを教えてほしい。今年最後の診察は、そんなたわいもない会話で締めくくられた。

若葉の体のことを思って…。そんな内田の、往く年最後の言葉を象徴するような出来事が、年明け早々勃発した。火元はやはり徹の実家、長女の光枝である。

若葉は妊娠四カ月を過ぎ、外出もそれほど億劫ではなくなったが、冬場は空気も乾燥しているし、年末年始に人混みの中へ出かけてインフルエンザだの風疹だのをうつされては大変という、過保護な周囲の助言に従い、毎年恒例の初詣も控えることにした。どうせ子どもが生まれたら、夏休みは上を下への大騒ぎになるんだからと、互いの実家へも、二人揃って行くことはなく、甲斐家へは元旦、若葉が義父母に年始挨拶の電話を入れたあと、徹が単身でちょっと顔を出した程度だった。

どうもそのとき、徹の実家でひと悶着あったらしい。当人は何も語らなかったが、三が日を過ぎて、義母の寛代がご丁寧に、若葉宛てに詫びの電話をしてきたため発覚したのである。

「ごめんなさいね、若葉ちゃん。気を悪くしないでね」

帰宅した徹にそれとなく問いただすと、いいにくそうにポツポツと話し出した。実は、光枝が去年の夏、二人を前にして、「子どもなんかつくらなくていい」とやけに主張していたのは、自分の家庭の事情のせいだけではなく、若葉たちに、本当に子どもをつくってほしくなかったのだという。正月に、甲斐家の親子五人だけで顔を合わせたとき、あんなに「子どもはまだか」と騒いでいたくせに、なんで気が変わったのかと妹の晴美に問い詰められ、姉は渋々告白したそうだ。

「ほら、前になんか、ドラマがあっただろ」

何年か前に放映された、実在のユニークな産科医をモデルにした連続ドラマである。その中に、甲状腺の病気が原因で亡くなった妊婦の話があり、実際に、光枝の高校時代の同級生も、妊娠中に同じ病気を発症し、救急搬送されたことがある。両親から若葉がバセドウ病と聞いて、真っ先にそれが浮かんだが、妹が先に自分の友達の例を挙げ、「心配ない」と断じたもので、いいそびれてしまった。

「姉貴にしては気弱だよな」。うつむき加減で徹は冗談ともつかないことをいう。

甲状腺クリーゼというのが、ドラマに登場した妊婦の病名である。「クリーゼ」はドイツ語で、英語でいう「クライシス」のことである。甲状腺機能亢進症の患者のうち、未治療もしくは甲状腺ホルモンのコントロールがうまくできていないケースで、なんらかの強いストレスが加わった際に発症するとされる。甲状腺ホルモンが過剰に作用し、生体機構が破綻して多臓器不全に陥るため、生命の危機にかかわるものだ。もちろん徹は、内田という主治医の下、きちんと計画的に出産するから大丈夫だと反論し、両親もそれを擁護した。しかし、姉は頑として取り合わない。やれ出産後に悪化するかもしれないだの、同じ病気のシンガーソングライターが音楽活動を中止したとき、「死ぬこともある病気だから」といってただの、あげく「私は若葉ちゃんの体が心配なの」という発言が飛び出したというわけである。

徹もやはり気がかりだったのだろう。若葉に内緒で、真っ先にこのことを壮一郎に相談したようだ。年が明けてすぐの週末に、二人で実家に来いと電話があった。第一声は「ブロッコリーはまだあるか？」。

「チョップだかデップだかのつくり方を内田が教えてくれるんだと」

三が日は比較的穏やかな日和だったが、新しい年とともに寒波も舞い戻り、きょうは午後を回っても日差しの温かさは期待できそうにない。いまに雪でも落ちてくるかといった天気だ。

内田が瀬戸家を訪れるのは、若葉たちの結婚式の二次会以来である。もちろんブロッコリーは口実で、徹の話を聞いた壮一郎が、この際、専門医から直接レクチャーを受けてもよかろうと、お膳立てしたものだ。あっという間につくれるミセス・ウッチー直伝和洋二種のディップは、確かにどちらも絶品で、孝太郎が仕入れてきたスパークリングワインとバゲットもろとも、みるみる消えていった。若葉の手元にはそのレシピのメモがしっかり残されている。

「甲状腺の病気は軽症が多いから、一般医は死亡するなんて考えることも少ないだろうね」

内田の言葉に、壮一郎もうなずく。

暖房の効いたリビングに、食後のコーヒーの香りが漂っている。窓の外には、やはり雪がちらつき始めた。

甲状腺クリーゼの発症例は国内で年間一五〇人を超え、その致死率は一〇～二〇％に上る。

頻度は少なくても、発症すれば生命の危機にさらされる可能性が非常に高いのだ。そして、その最大の原因は、薬の中断とされている。病気が軽快したからといって、患者が自己判断で止めてしまうケースも多いのである。

「お姉さんの友達は、妊娠していたの？」

「はい。二十五週、だったかな」

「七カ月…」

若葉がつぶやく。

「一般的に、バセドウ病は妊娠すると活動性がいったん治まる。でも、これは、治療で甲状腺ホルモンがきちんとコントロールされ、計画的に妊娠した場合に限るんだ。治療を放置したり、自己中断したまま無計画に妊娠すると、甲状腺クリーゼになる確率が極めて高くなる」

「どんなふうになっちゃうんですか」

「まず高熱だね。三十八度以上の熱が続く」

そのほか、頻脈、せん妄、痙攣、傾眠、昏睡、また肺水腫などの心不全症状、嘔吐や下痢といった消化器症状を引き起こし、複数の臓器が機能不全となる。それもこれも、甲状腺ホルモンの分泌の仕組みを甘く見ていたことから発するといえなくもない。病気に気付かなかったのならやむを得ないかもしれないが、甲状腺機能亢進症のことをちゃんと理解して、治療を継続していくことがどれほど大事か、とくに女性は知っておいてほしい。

「お姉さんもね」

徹が黙ってうなずく。内田の話しぶりがまた静かに熱を帯びてきた。

「若葉ちゃんもね」

「えっ？」

急に振られて若葉がちょっと面食らう。

「この病気は完治しないといったよね。治らない、つまり不治の病といえるかもしれない。でも、僕は別名、無知の病とも呼んでいる。知らないことが危険を招く。知っていれば決して怖い病気ではないんだ。必要以上に神経質になることもないし、むしろそのほうがマイナスになったりもする」

内田はもう一度、若葉に向き直っていった。

「赤ちゃんはね、二十週ごろから自分でホルモンをつくり始める。いままでは、お母さんの甲状腺ホルモン値を見ながら、薬の量を決めていたけど、これからは赤ちゃんの甲状腺機能に応じて薬の量を加減することになる。若葉ちゃんは次回の診察日辺りからかな」

「次回の健診は十八週です」

「うん」

内田は満足げにうなずく。

「それから免疫の寛容」

「免疫の、寛容？」

「そう」

免疫とは、簡単にいえば、体の外から侵入してきた異物を排除しようとする機構である。例えば、臓器移植をすると、その臓器は自分のものではないため、排除しようとして強い免疫反応を起こす。生命の維持にとっては必要不可欠なシステムだが、時に厄介なものでもあるのだ。卵子と精子が結合して胎児が誕生するときも同様である。卵子は母親の遺伝子を持っているが、精子のほうは他人のものだ。

「戸籍上は配偶者でも、徹君は赤の他人なわけだね」

若夫婦が顔を見合わせる。

半分は他人の遺伝子を持った胎児が成長すると、母体は異物と認識し、それを排除するために免疫が働く。その結果、流産などを引き起こしかねない。そこで、妊娠後期には母体の中で「免疫の寛容」が遂行される。本来鉄壁の免疫作用が一時的に和らぐのだ。バセドウ病は自己免疫疾患だから、免疫の作用が低下すれば病気の勢いも減り、甲状腺ホルモン値も下がってくる。そのため、妊娠後期には、甲状腺ホルモンの分泌を抑える薬を服用しなくても済むようになるわけである。

「一生のうちに数回しかない妊娠出産の、しかも数カ月間のために、女性の体にはこれほど精密な機構が備わっているんだ。女性のほうが自己免疫疾患になりやすいのはそのためだといわれているんだけど。免疫の寛容、まさに生命の神秘だろう？」

普段は聞き役に回ることの多い内田だが、今回ばかりはとうとうと語る。と、

「うっちーさんは」

それまで一言も声を発しなかった孝太郎が、唐突に呼びかけた。驚いて内田が振り向く。

「うっちー、さん？」

若葉と徹が吹き出し、壮一郎も破顔しかけたが、当の孝太郎は、いつになく真剣な面持ちである。

「うっちーさんは、どうして甲状腺の専門医になったんですか？」

質問の意図がにわかに飲み込めず、キョトンと青年を見ていたが、やがて「ああ」と合点がいって、

「そうだな。確かにいまの話も、僕が甲状腺を専門にした理由の一つではあるね」

卒業後の進路を大して迷いもなく整形外科一本に決めていた壮一郎と違って、内田は内科医を視野に入れてはいたものの、急いで選択するつもりはなかった。多岐にわたる診療科から、

自分に合う分野をゆっくりと絞り込んでいき、大学院では内分泌の研究もした。そのうえで、医局からの出向先として、甲状腺の分野で最も歴史のある専門病院を選んだのである。それも、欠員が出たとの情報をいち早く耳にして、自ら教授に直談判したという。地元から遠く離れた土地。壮行会では、しばらく会えないとグチる壮一郎に、「離島じゃないんだから」とケロッとして笑っていた。内田らしからぬその情報収集力と大胆な決断、迅速な行動に、同期の誰もが、彼の知られざる一面を見て舌を巻いたのだった。

「やっぱり、最初にツボにはまったのは、いわゆるネガティブフィードバック機構だね」

恒常性維持のために、ヒトに備わった絶妙なホルモン分泌調節機構。視床下部―下垂体―甲状腺とみごとな連携プレーで、少しでも増えれば減らし、不足すれば補充するを繰り返す。しかもそれが決して不具合とならないよう、何重にも設置されたセーフティネットによって緻密に守られている。血液中につねに待機している多量で寿命の長いT_4と、全体のわずか二％でありながらはるかに強力に事実上の作用を発揮するT_3。二つの甲状腺ホルモンの濃密な関係性。よくぞここまでの熱をもって用意周到につくられたものだ。

「とくに、妊娠中のセーフティネットはすごいんだよ」

内田の熱弁に、一同が何度も感嘆の息をもらす。

「ネガティブがあるなら、ポジティブフィードバックっていうのも、あるの？」

「うん、あるよ。出産のときはそうだね」

出産の準備がととのったとき、下垂体からオキシトシンが分泌されて子宮収縮を起こす。それが神経反射をつたって間脳を刺激し、オキシトシンの分泌がさらに促されて子宮収縮がピークに達し、分娩に至る。赤ちゃんが乳頭を吸引するとおっぱいが出るのもそうだ。乳頭刺激は乳汁の分泌と同時に視床下部まで届き、それが下垂体からプロラクチンを分泌させることになり、さらに乳汁分泌が促進される。

分娩、授乳、いずれも一つの事象が終了すればこの機構はひとまず完結することになり、終わらなければどこまでもすすんでしまう。ポジティブフィードバックも生物だけでなく工学や経済などの分野で、ある種の効果を得られることは確かだが、原因と結果の関係に確かな安定性をもたらすのは、文句なくネガティブフィードバックのほうである。

「ホルモンが下がるとどうなるか、上がればどうなるか。こうなればこうなるという筋道が立っているのが、たぶん自分の性に合っていると思うんだ。きちんと予測を立てて、それを患者さんに分かりやすく説明する。本来は規則正しく、一糸乱れず活動しているものが、何らかの要因で足並みを乱してしまう。それを一人一人の患者さんと一緒に、できるだけ無理なく元に戻れるようととのえていく。そこが面白いところだね」

ヒトの体は一人として同じではない。また、環境や物理的な要因だけでなく、その人の心の持ちようによっても、大きく治療計画を修正する必要に迫られることさえある。ただそれは、困難というよりむしろ医師としてのモチベーションにつながっているような気がする。何より、それほど精密に運営されているものが、妊娠出産という生命最大の神秘の機構を前に、ちょっと緩みを生じさせたり、また我に返って元に戻ったり、いかにも人間らしい反応を見せるのだ。それが実に興味をそそられる。自然の行いの味わい深さと奥深さ。

「それに、あの甲状腺の形がね。チョウチョみたいでなんとも美しいんだ。甲状腺の専門医は案外あれに魅せられてるところがあるな。小さくて目立たないのに、しっかり働いている。そこが健気でね」

「あ、それ、私もそう思った」

若葉が思わず賛同する。

「骨もいいぞ」

壮一郎がいきなり憮然とした声を張り上げた。いっせいに注目を浴び、

「あと、筋肉も、な」

うろたえて付け加えるが、その先が続かない。

「親父ぃ〜、なに張り合ってんだよぉ」

一呼吸おいて、孝太郎がほとほと呆れたようにツッコミを入れ、どっと笑いが起きる。雪は

もう止んでいた。窓の外の植え込みはうっすらと白いベールに覆われ、夕闇にふんわり浮かび上がっていた。

外来二十二日目　妊娠十八週

「甲状腺機能は正常範囲に戻ったよ。つわりもよく乗り越えたね」

内田が若葉の実家を訪問したあの日から、若葉の中にまた一つ、新しい意識が芽生えたような気がする。自分と自分以外の人たち。うっちーや家族、友達、同僚など、私を囲む大切な人たちとの間に流れる、言葉にならない、たぶんホルモンみたいな刺激のやり取り。自分と、いま自分の中にいる小さな命。だんだん大きくなって、やがて私の前に顔を見せてくれる、私と徹の赤ちゃん。そして、私と赤ちゃんを結んでいる、神様につくってもらったセーフティネット……。

ＴＳＨ（甲状腺刺激ホルモン）と構造がよく似たｈＣＧ（ヒト絨毛性ゴナドトロピン）。それが知らない間に若葉の中でどんどんつくられ、おかげでゲエゲエ涙目になったけど、それが多ければ多いほど、甲状腺ホルモンがしっかり確保されている証拠。ママの体調が悪かろうと、赤ちゃんはおかまいなしに育ってくれる。きょうも胎児エコーで見たら、手足をバタバタ動かして、いまにも何かをつかまえそうだった。

こんなふうに一つ一つを理解し、楽しみ、面白がることができるのも、病気のおかげかもしれない。若葉にとってバセドウ病は、決してマイナスなものではないと思える。たぶんこれからもそうだろう。

外来二十三日目　妊娠二十二週

「先生、見えちゃった」

診察室に入ったとたん、若葉が顔をクシャッとさせていう。

「何が?」

照れたように口をすぼめるのを見て思い当たった。

「あ、どっちか分かったんだね」

性別は生まれるまでのお楽しみと思っていたのに、きょうの胎児エコーで、赤ちゃんの股間付近がちらっとモニターに映るのを見てしまったのだという。

「男の子かぁ」

こらえ切れないように、内田が笑う。親戚のおじさんみたいな風情だが、すぐに気を取り直して、専門医の顔になる。

「えっと、こないだちょっと話したよね」

　ふと、若葉が思い当たる。

「あ、免疫の寛容、ですね」

「うん、そうだね」

　胎児が自分で甲状腺ホルモンをつくり始めるタイミングに合わせ、その甲状腺機能に応じた薬の量を服用する。その時期になったということだ。もちろん、胎児は血液検査ができないので、母親の若葉のＦT_4量でそれを判断する。また、彼の甲状腺はまだ成長段階のため、ホルモン値はやや低い。そこで、ＦT_4が正常範囲内で中央値より高めに維持されるよう調整するのである。

「甲状腺ホルモン値は下がる傾向にあるから、いま服用しているプロパジール®をいったん中止する。おそらく出産後は再開することになるけど、いまは赤ちゃん優先で考えよう」

外来二十四日目　妊娠二十六週

　産科の健診は、妊娠二十四週から二週間に一回のペースになっている。まだ寒空の中、そんなはずもないのに、病院の前の桜の木が、ふっくらと甘い雰囲気を漂わせ、枝のつぼみを徐々に膨らませているのを想像したりする。ちょっとした心配事も、春の初めの陽気が吹き飛ばしてくれたら…。

病院には隔週で来ていても、内田のところへは現在、二回に一度顔を出す格好だ。

「薬を併用しなくても、甲状腺機能亢進はなく、正常範囲高値と適切な値だ。貧血はない？

これは産科の先生にも聞かれただろうけど」

「ないです」

「うん、顔色もいいね」

若葉は少しためらってから、

「先生、ちょっと聞いてもいいですか？」

と切り出した。

「母親がバセドウ病だと、子どももバセドウ病になるんでしょうか」

「ああ、まあ、その可能性は低くはないね」

「この子はどうなんでしょう」

「それは、生まれてからの話だけど…。少なくとも、お母さんのＴＲＡｂは高くないから、新生児バセドウ病ということはないと思う」

生まれたばかりの赤ちゃんの血液中には、ごく短い時間ながら胎盤を通過した母親の自己抗体であるＴＲＡｂ（抗ＴＳＨ受容体抗体）と、治療のために飲んでいた抗甲状腺薬が残る。しかし、ＴＲＡｂがあまりに高い場合、赤ちゃんは一時的に甲状腺機能亢進症になる。ＴＲＡｂ

が消失する前に、抗甲状腺薬の効果がなくなってしまうからだ。これが、新生児バセドウ病と呼ばれるものである。甲状腺ホルモン値が高くなり、頻脈など一時不穏な状態になるのだ。程度によっては小児科医の治療を必要とする場合もあるが、この症状は長くは残らず、いずれ消失する。

ただ、いまの若葉の質問は、それとは違うようだ。

「誰かに何かいわれた？」

内田がそっと顔を伺うようにして尋ねる。

「徹君のお姉さんとか」

若葉は口を真一文字に結び、小さくうなずいた。

「よほど心配症なんだなあ」

内田はわざと大げさに感嘆してから、

「甲状腺の病気の遺伝性については、まだはっきりしていないんだ」

バセドウ病が遺伝するといった考えが、まだ世間に通底していることは事実だ。しかし、それは一つの要因ではなく、いくつかの要因が集まって発症するもので、高血圧や心筋梗塞などと同じ多因子遺伝である。つまり、持って生まれた体質と生まれてからの環境が相まって起きるのだから、バセドウ病の親から必ずバセドウ病の子が生まれるわけでもなく、また、その逆もない。さらにいえば、若葉のように、母親が発病中に妊娠出産するケースでも、健康な母体に比べ、病気が遺伝しやすいということもない。新生児バセドウ病も遺伝によるものではないのだ。

「だから、そんなに神経質になることはないよ。第一、いまお腹の中で元気に育ってるじゃない。それが実証しているよ」

バセドウ病に限らず、出産に耐えられない胎児は、流産という形で自然淘汰されるはず。極端にいえばそういうことだ。何より、バセドウ病は治療可能な疾患である。誰だって多少の不安要因は抱えているもの。病気にとらわれて、人生の大切な場面を見据える視野をくもらせるほうが、どれほどばかばかしいことか、いまの若葉が一番、身をもって知っているはずである。

「体質はそりゃ少しは遺伝するだろう。親子なんだしね。けど、男の子は甲状腺の病気にはなりにくいから」

それからの一カ月あまりは、例年に輪をかけてめまぐるしく過ぎた。春はもの皆、入れ替わる季節。若葉の会社にもニューフェイスが二人入り、若葉は大きなお腹を抱えて、新人指導におおわらわである。五月の連休明けには産休に入るため、引き継ぎもしなければならない。ちょっと気がかりなのは、担当を任されているベビーブランドのことだが、これも、いまや完壁にアシストをこなせるまでに成長したかつての新卒女子が、若葉の不在中、全面的にカバーしてくれるはずだ。意外にも彼女は、超が付くドSであることがつい最近分かった。後輩たちへの指導ぶりは体育会の部活並みで、身重の若葉が震え上がるほど容赦ない。

慌ただしかった四月も後半を迎え、産休前に、取引先に挨拶をしておけと社長に命じられて、天気のよい日を選んでは、一人でぼちぼち会社回りをしていたときのことだ。駅から少し離れた公園の近くに、新しくオープンしたファッションビルのギャラリーの看板が目に入った。モノトーン調の、リトグラフの個展みたいだ。

吹き抜けの階段上の一角に、誘われるように入ってみる。天井の低い、やや暗めの室内の、壁いっぱいに、あるいは点々と飾られた作品たちは、版画だけではなさそうだ。水墨画？　和紙のような風合いの地に、花や蝶が、規則正しく、けれど少し不揃いなところも残しながら配されていて、手描きにみえるのに、デジタル技術も使われている。不思議な絵だ。作者は日本画家の平尾陽子《ひらおようこ》氏。初めて観る。

その中の一つに、若葉は目を奪われた。チョウチョのようでチョウチョではない、見覚えのある形のものが、画面上に静かに置かれている。止まっているのか、留め置かれているのか。タイトルは『身体の記憶（甲状腺の誕生）』。やっぱり。このチョウチョは甲状腺なんだ。はるか昔、自然の中から生まれ出て、私たちの体の記憶にそっと刻まれた、ヒトの生命のみなもと。

その愛おしさと静寂に、思わず涙が出そうになった。

いままでの記憶が、脈略もなく、浮かんでは消えた。傷付いた分、強くも優しくもなったと思う。首元にそっと触れてみる。私の甲状腺は、ここにいて、静かに、健気に、私の生命を刻んでくれている。その生命を未来につなげるわが子が、いまここに、私と一緒にこの絵を見ているんだ。たぶん母の綾子も、ここに立ち会ってくれたんだろう。私の甲状腺の誕生の場に。

〈お母さん、私、お母さんになる〉

外来二十五日目　妊娠三十四週

出産準備もあらかたととのった。肌着類は取引先のベビーショップのオーナーから、オーガニックの高級品をたくさんもらったし、気の早い同僚や友人から男の子用の大小の服が贈られ、たぶん三歳ぐらいまで着るものには困らない。こまごました買い物は、エリコとカスミに任せた。父の壮一郎がたんまり軍資金をカンパしてくれたから、ベビーとは直接関係のない食器類やクロス、果てはケーキだのキッシュだの、生ものまで仕入れてきて、生まれる前から毎回、誕生祝いのパーティをやっているようなものだ。出産後は徹の母が泊まり込みでしばらく来てくれることになった。「私でよかったら」と、義母は遠慮がちに申し出てくれたのだが、母を亡くした若葉にとっては、心強いことこのうえない。

出産前の最後の検査も、結果は良好で、薬を服用しないまま、甲状腺機能亢進は抑えられている。来月から産科へは毎週健診に来ることになるが、次回の内田の診察は出産後となる。

あの絵のことを、若葉はほかの誰にもいわなかったが、うっちーにだけは打ち明けた。『身体の記憶（甲状腺の誕生）』という画題に、やはり内田も驚いたようだ。絵の内容についてはうまく説明できないものの、それを観たときの若葉の想いだけは伝わったらしく、話を聞き終わると内田は、

「よかったねぇー。すごい巡り合わせだね」

と、感極まったような声でいった。まるで自分にいい聞かせるような、静かな深い声だった。

そのあと、何か考えている様子だったが、いつもの笑顔をこっちに向けて、

「じゃあ、次回は産後二カ月ごろにね。なにか異常があれば、早めに来院するようにしてください」

軽く握ったこぶしを、口元まで持ち上げて、また小さなガッツポーズをする。

「元気な子を産んでください。楽しみにしているよ」

六月八日、午後五時二十五分、予定日より少し遅れて、若葉は無事に正常分娩で男の子を出産した。

第六章　未来

甲斐徹と若葉夫妻の長男は、寛太《かんた》と名付けられた。誕生前から性別が分かっていたこともあり、名前については両家でもひそかに思惑が飛び交ってはいたが、早くから二人で決めていたらしい。そう、寛太の寛は寛解の寛、そして免疫の寛容、の寛である。

「カンカイ」「カンヨウ」。病気の治療に入ってから、若葉は幾度となくこの言葉を耳にした。バセドウ病は、完治はしない。しかし、しっかりと経過を見ながら治療を続け、それが功を奏すると、薬を服用しなくても、七〇％が「寛解」、つまり症状が治まった状態を維持できる。それから、妊娠することによって、自己抗体があっても一定期間は免疫反応を抑えられる。つまり免疫の寛容が働く。ひろくゆるやかな、あるいは許容を意味するこの「寛《カン》」の一文字は、この二年半あまりの間、若葉の耳朶と心を優しくふるわせてきた。時には励まし、時には安心させ、そして時には強く背中を押す、そんな響きを持つ言葉だったのだ。

「なんだカンタか」

弟の孝太郎はさっそく訳の分からないツッコミを入れたが、自分の名からも一字とっていて、まんざらでもなさそうだ。もっと喜んだのはもちろん徹の母、寛代である。ちょうど産後の手伝いで息子夫婦の家に滞在中のことだったから、それは手放しの喜びようで、若葉に代わって炊事洗濯と育児全般をこなしながら、生まれたばかりの孫に、「寛太くーん、寛太くーん、おばあちゃんと同じ字よ～」と、暇さえあれば話しかける。まあ、どんな意図で命名されようと、彼自身だけでなく、彼の名前もまた、期せずして、さらなる恩恵を両家に授けたわけだ。

実際、寛太の誕生は、甲斐家、そして若葉の実家である瀬戸家、両家の親戚筋に並々ならぬ歓喜と幸福をもたらした。まだ顔は両親のどっち似とも判断は難しく、孝太郎にいわせれば「サルだろ」となるが、その話題だけでも数十分、いや一時間はもつといっていい。徹の姉たちは、久しぶりの乳飲み子をかわるがわる抱いては世話をし、次姉の晴美など「いいなあ、私ももう一人産もうかな」とすっかり感化されている。長姉の光枝も、「かわいい～」を連発し、あれほど若葉の病気についてくどくど文句をいっていたのがウソのようだ。

光枝のことでいえば、夫が新しく起こした会社も業績は順調のようで、小さいながらもすっかり社長夫人が板についた感じである。当然ながら離婚話などどこかへ吹っ飛び、以前よりかえって仲むつまじい。

出産祝いを携え、妹夫婦と四人で訪れたとき、光枝から「あとで読んでね」と手渡された手紙に、若葉は目を潤ませた。長文ではないが、そこには、義妹へのねぎらいといたわりの気持ちが素直につづられていた。ろくに知りもしないのに、病気のことで若葉に不快な思いをさせたこと。にもかかわらず、若葉が自分たちへ変わらない気遣いを見せてくれたこと。そして、若葉が病気に真正面から向き合い、不安と闘いながら、寛太という大きな宝物を、甲斐家に授けてくれたこと。姉として、子を持つ同じ母親としての感謝と尊敬の思いが、紙面にあふれていた。また、バセドウ病や甲状腺の病気について、もっと深く知りたいとも書いてあった。きっと自分たち女性が知っておかなければいけないことがたくさんあるような気がするから、ぜひ教えてほしい。手紙はそんなふうに結ばれていた。

産後二カ月

出産後初めての受診日は、盆休みを間近に控えた八月初旬。真夏の強烈な日差しは避けて、夕刻近くに訪れた若葉は、育児疲れといった様子もなく、すこぶる元気そうだ。先月、義母と一緒に一カ月健診に来たとき、息子の顔を見せに立ち寄ろうとしたが、さすがに勤務中は気が引けてそのまま帰ったと、あらためて出産祝いの礼をいう。

「きょうは、寛太くんは？」

「あ、父が見てくれてます」

「父？」

二週間ほど前から、若葉は息子の寛太とともに実家暮らしをしている。義母の寛代が引き上げたあと、しばらく自宅マンションで育児に孤軍奮闘していたが、暑さもいよいよ本格化し、父の壮一郎から、夏の間は高台で風通しのいい実家に滞在してはどうかと持ちかけられたのである。お宮参りのときにその話が出ると、ボーナス商戦で連日帰宅の遅い徹も、甲斐家の両親も、当面はそのほうが安心だと賛成してくれた。どうも壮一郎は、だいぶ前から画策していたようで、若葉たちが行ったときには二階の若葉の部屋と、ついでに隣の孝太郎の部屋もきれいに片付けられ、ご丁寧にベビーベッドまで搬入済みだった。

「そりゃ、念が入ってるな」

自室を明け渡し、書斎兼物置みたいな部屋に追いやられた孝太郎は、さぞやご立腹と思いきや、「どうせ寝るだけだし、狭いほうが落ち着く」と、文句一ついわない。甥っ子の威力というのは大したものだ。

しかし、その孝太郎も呆れかえるのが、壮一郎の尋常ならざる爺バカぶりである。最初の一日、二日こそ遠巻きに見ているだけだったが、あっという間にミルクのつくり方を覚え、沐浴はもちろん、おむつ替えも、いまや母親をしのぎかねない手際のよさだ。寝不足もなんのその、夜中は若葉より先に目を覚まして、かいがいしく世話を焼き、ベッドの中の寛太が、泣くどころか「ふにゃ」といっただけですぐさま抱き上げ、一度抱いたらテコでも離さない。週末に徹が来ても、父親にすらなかなか渡そうせず、しまいには若葉にこっぴどく叱られる始末である。

「あの瀬戸がねぇー」

そして、これもかねてから周到に準備していたらしく、若葉たちが来てまもなく、壮一郎のクリニックは、例年の夏休みをはさんで約三週間の長期休診に入った。まさか院長が孫の世話をするためだと、おおっぴらにはいえないから、休診の理由はスタッフとごく親しい人にしか伝えていない。暑い時期は、整形外科への通院も控えたほうがいいと、高齢の患者さんには日常生活指導を丁重に行い、先生も病気なのかと心配する声には、「いやいや、元気だよ。ちょっと夏バテで」などと適当に返事をして休みを確保した。めったにないことだから、海外旅行だの学会だのと勝手に憶測してくれているだろう。

そんなわけで、きょうも孫と水入らずの留守番でご機嫌の父に寛太を預け、若葉は単身で病院を訪れたのである。

出産の四カ月ほど前からプロパジール®の服用を中止しているが、出産後二カ月になる現在も、血液検査の結果、甲状腺機能は正常範囲だった。

「産科のほうからも報告を受けているけど、一カ月健診も、母子ともに問題はなかったみたいだね」

親友の話に呆れるやら感心するやらで、ひとしきり笑っていた内田も、内科医の顔に戻って切り出した。

「まずはよかった。その後も順調？」

「はい」

「まあ、じいちゃんがマメに見てるから、寛太君は大丈夫だろう」

またクスッと笑ってから、

「前にも話したと思うけど、出産後は薬を再開することになると思う」

若葉がスッと息を吸い、背を伸ばした。

「産後半年以内に発症しやすい病気に、無痛性甲状腺炎というのがある。これは一過性のものなんだけど、バセドウ病が寛解している間に発症する場合が多くてね。症状もよく似てるから、しっかり経過を観察していく必要があるんだ」

無痛性甲状腺炎は、破壊性甲状腺炎の一つ。甲状腺が破壊されて、甲状腺内に蓄えられている甲状腺ホルモンが血液中に大量に漏れ出てしまうことによって起こる。破壊されるメカニズムについては、まだ明らかになっていないが、以前、瀬戸家で内田が熱心に解説していた、甲状腺のシステマチックな魅力を思い起こせば理解しやすいかもしれない。甲状腺は簡単にいうと、ホルモンをつくる工場の働きと、それを蓄えておく倉庫の働きを持つ。ホルモンを産生し、貯蔵し、放出する。この働きが絶妙なテンポと緻密なフォーメーションでもって生命維持に貢献しているのだ。

例えば、バセドウ病のような甲状腺機能亢進症は、甲状腺ホルモンを過剰に産生してしまうために、倉庫に蓄えられたホルモンも過剰になって血液中に放出される。しかし、無痛性甲状腺炎の場合は、工場の働きの不具合ではなく、倉庫が破壊されたことによって一時的に漏出してしまう。血液中の甲状腺ホルモンが高いという点ではバセドウ病と同じだが、発症機序が大きく違うのである。倉庫が空になれば血液中の甲状腺ホルモンは低下し、破壊された甲状腺も時間経過とともに修復され、機能も正常化して、再び正しくホルモンが産生・貯蔵されるようになるはずである。

「いずれにしろ甲状腺ホルモンの過剰状態は一、二カ月後には沈静化する。倉庫が空になれば血液中の甲状腺ホルモンは低下するから、その後、甲状腺機能低下症になる可能性もある」

「低下症、ですか？」

「うん。しかし、これも一時的なものだ。多くの人は、最終的には甲状腺機能が正常化する。ただ…」

「私はバセドウ病だから」

「そうだね。一年以内に再燃することも考えられる」

「分かりました」

若葉の返事がいつになくきっぱりと力強かったので、内田はちょっと驚いて顔を見上げた。

内田の説明に何かを感じ取ったのだろうか。その目には覚悟の色が宿っているようにみえて、

「うん。じゃあ、また二カ月後」

　内田もまた心なし力を込め、それに答えた。


　家までの往復はタクシーを使えと、父にいわれている。日陰を探して迎車を待つ間、若葉は目の先にある例の大きな桜の木をぼんやりと眺めていた。夕刻とはいえまだ日は高い。夏の太陽が容赦なく老木に照り付け、薄緑色の枝葉は逆光で白っぽくみえる。が、太い幹はビクともせず、涼やかな影を足元につくっている。

　寛太がお腹の中にいるとき、免疫の寛容によって、若葉の甲状腺ホルモン値が下がり、薬を飲まなくてもバセドウ病の症状は出なかった。でも、それは一時的なもので、病気が治ったわけではない。順調に薬を中止できた人の七割が寛解すると、うっちーはいったけど、私はその中に入れるのかな…。そろそろお乳が張ってきた。寛太はおとなしく、じいじの相手をしてくれているだろうか。

〈まあ、いいや〉

　それはそれで。寛太が無事に生まれてきてくれて、私の甲状腺はまた、私だけのものになった。たぶんそれだけのことなんだから。

産後四カ月

二カ月後の内田の診断は、無痛性甲状腺炎の可能性が高いというものであった。

「甲状腺ホルモンが高い状態で、バセドウ病の抗体であるＴＲＡｂは陰性だった。バセドウ病であれば、ＴＲＡｂが再上昇することが多いから、やはり最も考えられるのは無痛性甲状腺炎だね。だとすれば、今後、甲状腺ホルモンは低下していくはずだ。しかし、ＴＲＡｂ陰性のままバセドウ病再燃という可能性も残っているから、一カ月後にまた様子を見よう」

産後五カ月

「甲状腺ホルモン値は正常範囲になったね。下がってきたところを見ると、やっぱりバセドウ病の再燃ではなく無痛性甲状腺炎だ。今後は甲状腺機能低下症になる可能性があるので、また一カ月後に来院してください」

内田はそういってから、「あ、」と思いついて、「来月は六カ月健診じゃない？」と聞く。

ちょうど受診の前に、総合受付に寄って、翌月の産科の来院日を予約してきたところだ。当日はちょうどクリニックの休診日なので、父の壮一郎が早々と送迎を買って出た。

「じいちゃんも来るのか」

内田はニヤニヤしている。

先月下旬、里帰りを終えて、若葉母子は自宅マンションに戻った。長い夏休みが終わり、父のクリニックが平常診療に戻ると、広々とした実家は快適ではあるが、寛太と二人でいるにはちょっと寂しい。父は診察が終わるとまっしぐらに帰宅するが、産後の休養も十分にとれた若葉は、徹が一人で暮らす自宅のほうが気になってならない。保育園探しなど、いろいろ地元で調べたり、手続きをすることも多いし、なるべく早く親子三人の生活に落ち着きたい。それに、内田の病院に通うにも、自宅のほうが少しだけ交通の便がいいのだ。

一方、壮一郎のほうは、そんな若葉の心境の変化に知らんぷりを決め込み、相変わらず孫の世話に没頭している。やれきのうは寝返りを何回打っただの、そろそろ離乳食だの、まるで寛太の下僕か、はたまた、婆やみたいだ。いま引き離したら、父は孫ロスで寝込んでしまうかもしれない。

寛太は首もすわり、このごろ活発に動くようになった。ママはもちろん、じいじや孝太郎おじさんの顔も覚えて、にっこり笑ったりもする。たまに夜泣きもするが、昼間はぐっすり眠り、目が覚めても機嫌よく一人遊びをしていて、父いわく「若葉の子にしては手がかからない」。ところが、同時期に人見知りも始まり、週末、徹がベビーベッドをのぞき込むと、みるみる顔をくしゃくしゃにして泣き出しそうになるのが困る。すぐさま壮一郎が抱き上げてあやすのを、なんとも情けない顔で眺める徹を見て、若葉の迷いは吹き飛び、自宅に帰ることを決めた。

もちろん最初は壮一郎も抵抗した。買い物はどうする、運転は誰がする、夜泣きをしたら集合住宅では迷惑だと、なんだかんだ理屈を並べ、これまで多少はあったかもしれない父親の威厳もどこかへかなぐり捨てて、必死に説得を試みたが、若葉のいうことが正論である。一切折れる気配のない娘に、「頑固なところは母さん譲りだな」などとこぼしながら、渋々承諾したのである。

産後六カ月

久しぶりに会った親友は、豪放磊落を絵に描いたような整形外科医の面影はどこへやら、ただの好々爺と化し、なんともいいようのない感慨を内田に与えた。実家を出てからまだ二カ月も経っていないだろうに、感動の再会とばかりに抱き上げた孫に頬をすり寄せ、目尻を下げている。

そんな心境など知る由もなく、ただじいじの腕にちょこんと収まって、診察室に入ってきた寛太は、なんとも愛らしく、内田の背後に控えていた看護師たちも思わず「かわいいッ」と声を上げた。新生児室で初めて見たときとはまるで印象が違い、いかにも健やかそうで、実際、体重も生まれたときの二倍を超えているという。

若葉のほうも、動悸、息切れ、不眠、体重減少など甲状腺機能の亢進時にみられる症状もなく、普段どおりに生活しているようだ。

「甲状腺機能低下症についても問題ないみたいだね。このままで甲状腺がしっかり働いてくれれば元に戻るよ」

次回の受診は二カ月後である。

「正月休みは、この分じゃ大騒ぎだね」

娘の主治医を前にして、診察もそっちのけで孫に夢中の壮一郎を横目に、内田がささやいた。

「はい。先が思いやられます」

若葉がちょっと苦い顔をしてうなずき、二人で小さく笑った。

産後八カ月

内田の予言どおり、正月の両家各々の盛り上がりようは半端なかった。徹は年末にフル稼働した分、年明けはバッチリ休みをとって、どこに行くにも親子三人で移動するよう努めた。甲斐家、瀬戸家とも均等に滞在すると決めたはいいが、いつもより来客は多いし、はいはいを覚えた寛太は片時も目が離せないしで、新米パパとママはヘトヘト。自宅に帰っても、こんどは学生時代の友人がひっきりなしに訪れる。そんなことが松の内いっぱい続き、ついに若葉はダウンしてしまったという。

「いまは？　もう大丈夫なの？」

「はい。実家で少し静養させてもらいました」

内田も結婚式の二次会で一度会った親友のエリコとカスミが、泊りがけで介抱しに来てくれたという。

「よかった。血液検査の結果もいいよ。甲状腺機能は正常に戻っているね」

それを聞いて、若葉も安心したようだ。

「きょうもカスミが子連れで留守番に来てくれてるんです」

と、うれしそうに付け加えた。喧騒から解放されて、体調も戻りつつあるのだろう。しかし、若葉の顔色が少し気になって、内田も思わず一言付け加えた。

「育児も大変だろうけど、自分の体調にも気をつけてね」

産後十カ月

次回の受診は三カ月後を予定していたが、疲れが抜けず、また、ときどき動悸がするというので、早めの来院となった。血液検査のデータに目を落として、内田は一言ずつ、ゆっくりといった。

「甲状腺機能亢進症、ＴＲＡｂ陽性３・０。バセドウ病の再燃だね」

その言葉を、若葉は、自分でも驚くほど静かに受けとめた。以前なら、ただでさえ動悸の激しい心臓が、さらにドキドキしていただろう。

「授乳は続けてる？」

「まだ少し。でもほとんどミルクと離乳食です」

内田は口を結んだまま「うんうん」とうなずく。

「授乳中は、母乳に移行しにくいプロパジール®を服用する。まず一日三錠からだ。再度服薬を開始するから、最初の三カ月間は、また二週間に一回のペースになるね」

「はい」

「授乳は続けてくれていいからね」

「はい」

少しの間、沈黙があって、内田が思い立ったようにいった。

「そうか、寛太君、もう離乳食なんだ」

「はい。三食。ときどき手づかみで」

「そうかぁ、大きくなったねー。歩く？」

「はい。伝い歩きですけど」

「そうか、そうか」と、満足そうに何度もうなずいてから、内田はいった。

「暖かくなれば、外で遊べるね。もし、あれだったら、連れてきてもかまわないから、ね」

春の日差しの中を、久しぶりに駅まで歩いた。バセドウ病の再燃。ということは、寛解組から再燃組へ移動したわけか。でも、メルカゾール®ではなくて、プロパジール®の服用開始と、うっちーはいっていた。

病院通りの中ほどに差しかかり、見慣れたカフェが見えてきた。あの店にもしばらく入っていない。ふと見ると、窓際のテーブルに、小さな女の子が、こっちを向いて座っている。幼稚園の年長さんぐらいか。後ろ姿はたぶんお母さんだろう。向かい合って、パンケーキか、パフェか何かを頬張っている。帰り際のうっちーの言葉を思い出して、なぜか急に若葉は胸が熱くなった。そうか、こんどは寛太を連れて、この道を歩いてもいいんだ。一週おきに三カ月。それが済んだころには、寛太はもう一歳になっている。若葉は無性にわが子に会いたくなり、早足でカフェの前を通り過ぎた。

バセドウ病の再燃と聞いて、徹や瀬戸家には一時、落胆の空気が漂ったが、当の本人がサバサバして普段どおりに過ごしているので、周りが何をいうこともない。ただ、問題は通院の際の寛太の処遇だ。隔週で三カ月間、改善のめどがつくまで都合六回は、若葉が病院に行っている間、寛太を見ていなければいけない。甲斐家の両親にはよけいな心配をかけたくないという若葉の意向で、再投与の話は詳しくしていない。そこで再び、じいじ壮一郎の出番である。半ば強引に若葉の受診日を、自身のクリニックの休診日に設定。六回のうち一回だけはどうしても外せない学校健診があり、徹の母、寛代にそれとなく頼んでマンションへ来てもらったが、それ以外は実家で預かるか、マンションへ自ら赴くかしてミッションを完璧にこなした。

一度など、徹がわざわざ代休を取ったにもかかわらず、車でマンションに迎えに行き、パパもろとも拉致して、二人仲よく実家で育児を楽しんだという日もある。あまりにも常軌を逸した壮一郎のふるまいに、当てにしているとはいえ、一言ぐらい文句をいってやろうかと、あるとき孝太郎にこぼしたところ、思いもよらない答えが返ってきた。

「親父、いつも寛太に何いってたか知ってる？」

出産後、予期せぬ形で里帰りをしていたころのことである。壮一郎が、母親の若葉を差し置いて、せっせと育児をする間、生まれたばかりの寛太にいつも聞かせていた言葉。

「お母さんを、頼むな」

おむつを替えながら、肌着を着せながら、抱っこして哺乳瓶を口に含ませ、あるいは、沐浴のとき、ガーゼでそっと湯をかけながら。小さな声で、まるで子守唄のように。

確かに何かぶつぶついっていたように思うが、若葉は全く気付かなかった。しかし、孝太郎は何度もそれを耳にしたという。

「姉ちゃんのこと、本気で寛太に頼むつもりなんじゃねえの？　その分、いまのうちに一生懸命面倒見てたりして。まあ、頼まれるにはちょっと若すぎるけどな」

その話を聞いて以来、若葉はもう何も、壮一郎に注文をつけることはなくなった。

家族の手厚いサポートとチームワークに支えられ、若葉のバセドウ病は順調に改善されていった。再投与二週目、副作用はなく、亢進症も順調に改善し、再投与四週目の血液検査の結果では、ＴＳＨが正常値以下に抑えられていて甲状腺ホルモンも正常範囲にある潜在性甲状腺機能亢進症といった状態まで改善。早くもプロパジール®は一日二錠に減量された。さらに、その後の経過をたどると、

再投与六週目　潜在性甲状腺機能亢進症
再投与八週目　甲状腺機能は正常範囲に改善され、プロパジール®一日一錠に減量
再投与十週目　甲状腺機能は正常範囲
再投与十二週目（三カ月）　甲状腺機能は正常範囲を維持

と、きわめて順調な推移を遂げ、一週おきの受診はひとまず終了した。

寛太の満一歳の誕生日、若葉は親子三人、水入らずで過ごしたいと思っているが、果たして壮一郎がウンというか。一方、甲斐家の両親からは、早々に誕生日プレゼントが届いた。姉たちからことづけられた品も一緒に入っている。先日、寛代に子守りを頼んだことから、若葉の病気が再燃したことをなんとなく察しているようにもみえるが、敢えて遠くから見守ることに決めたのかもしれない。お礼の電話を入れたときも、その件には触れることなく、いつもどおり孫の話題に終始した。

いや、もしくは、若葉のバセドウ病は家族にとって、すでにさほど特別なものではなくなっているのだ。なぜなら家族の日常には、もっと特別な、びっくりするようなことが起きたりするものだから。

若葉の予想を裏切って、寛太の誕生日に瀬戸家からの雑音は何も聞こえてこなかった。おかげでわが子は、記念すべき初めてのバースデーを静かに迎えることができたが、ケーキを囲んだ家族写真を送っても、父からは「おめでとう。お祝いは後日」という短いメールが届いたきりだった。

何事かと案じていたところへ、一週間遅れで、単身プレゼントを携え、若葉たちの家を訪れた壮一郎は、明らかに憮然とした表情だ。孫の顔を見て、ようやく機嫌を直したものの、「孝太郎は？」と聞いても、「知らん」というだけ。プレゼントはディズニーのＤＶＤのセットだったが、日本では手に入らないレアもので、寛太も手をたたいて大喜びである。じいじが手配できっこないから、孝太郎おじさんがネットか何かで探してくれたのだろう。しかし、「お礼をいわなきゃ」と水を向けても、「礼なんかいわなくていい」とそっけない。若葉がじわじわ問いただすと、「あいつ、会社を辞めるらしい」と、父はやっと白状した。

「えーっ、なんで？」

「知らん」

「知らんことないでしょ」

「医学部を受験するんだと」

「えーーーっ!?」

ちょうどその誕生日プレゼントをネットで手配しているときだ。土曜日の夕刻から検索のためにずっとパソコンにかじり付いていた孝太郎が、前触れもなく、「俺、会社辞めるから」といい出した。来年三月、丸三年勤めた製薬会社を退社し、医学部受験を目指して、四月から予備校に通うという。壮一郎は耳を疑った。青天の霹靂とはこのことだ。ほかに聞くことがあるだろうに、混乱した父親は突拍子もない質問を口にする。

「か、金は」

「予備校の入学金なら、ボーナス全部貯めてるから」「いや、その、医学部の」「一応国立目指すんで」「国立？　受かるわけないだろ」「それは分かんないよ」「いや、受からなかったらどうすると聞いている」「あー、そうだな。出世払い？」「しゅっせ…」。思わず言葉に詰まる。「まあー、そうだな。うん。貸しといてもらえる？　三十五までには医者になりたいし」「何の医者にだ」「何のって…」「うちのクリ…」「あ、それはない。そこは決めてるから」「決めてる？」「内分泌」「な、ないぶん、ぴ？」。

実は、孝太郎はもうだいぶ前から内田と連絡を取り合い、医学部受験について何度か知恵を借りていたらしい。手始めにセンター試験の過去問を入手し、ひそかに攻略法を模索した。そして、少し手ごたえを感じたところで、仕事関係で親しくなった若手の医局員に採点表を見せたところ、「地方の国公立なら合格のメはあるかもしれない」といわれ、腹を決めたのである。なんでいまさら医者を目指す？　いや、それを悪いとはいわないが、一人前の会社員になりかけているのに。なんで俺に相談もなく？　いや、内田には相談しているか。しかも、受かってもいないのに専門科だけは決めていると？　それも俺の整形外科でなく、内田の内分泌に…。

口惜しさと面目なさと情けなさと、そして一抹のうれしさと。壮一郎の胸の中で、これまで経験したことのないような感情が渦巻いていた。若葉はまだしも、男同士、息子のことはおおかた分かっていたつもりだった。しかし、やはりそれは父親の幻想だったたか。

〈綾子、おまえなら何ていう…?〉

再投与五カ月

甲状腺機能は、前回と変わらず正常範囲内を維持していたため、プロパジール®の服用は二日に一錠に減量となった。若葉の体調にも全く問題はない。

「あの話、聞いたんだって?」

診察のあと、内田がちょっとバツの悪そうな顔をして尋ねた。

「はい、聞きましたよ。もうー、大変でした」

にっこり笑い、若葉は少し大げさに、からかうような口調で答える。

お盆に里帰りしたら、孝太郎の真意をちゃんと確かめなくちゃ。徹と二人でそう話していた矢先、弟のほうから、夏休みを待たずに甲斐家のマンションにやって来た。進路変更のきっかけは、若葉が予想していたとおり、あの雪のちらつく一月の初め、瀬戸家リビングでの、甲状腺愛あふれるうっちーの熱弁だった。

姉の病気を知って以来、孝太郎は、何かに突き動かされるように、甲状腺や甲状腺ホルモン、また内分泌関係の情報をどんどん収集して知識を深めていった。もともとホメオスタシス（恒常性維持機能）とか免疫反応には興味があり、抑えがたい知識欲に駆られて、手当たり次第に資料をあさっていたところへ、うっちーのあの高話である。孝太郎は雷に打たれたような衝撃を受けた。

元来、興味ないことには目もくれないくせに、いったん触手が動くと、とことん突き詰めずにはいられない性分である。なにしろ虫好きが高じて生物全般に関心を持ち、大学も農学部の生命科学を専攻したくらいだ。実際、在学中は、ゲノム、化学、バイオテクノロジーと、興味があれば科を超えて、可能な限りの講義やゼミに頭を突っ込んだ。

ところが、就活を始める段になって、そうやって習得した知識や技術を活用してモノづくりをすることについて、急速に興味を失ってしまった。それはやはり、姉の若葉のことも関係しているだろう。研究して、発見して、応用して、未来に役立つものをつくり出すことも、確かに意義がある。でも、ヒトの体は単純じゃない。どんなに突き詰めても、最後まで突き止められないことが確かにある。それなら、試験管や顕微鏡を相手にするより、俺は人そのものを相手にしたい。目の前にいる人の命を見つめたい。孝太郎が研究開発部門ではなくＭＲを選んだ理由といえばそれである。

しかし、自分が甲状腺専門医になった理由を熱く語る内田の話は、そのＭＲの道を歩き始めた孝太郎には、いささか刺激が強すぎた。人知では到底突き止められない生命の営みの聖なる仕組み。それに、とことん伴走するのは、やっぱり医者か。医者になるしかないのか…。

「しかし孝太郎君、ずいぶん思い切ったことをするよねぇ」

火をつけたのは自分なのに、内田は感心しきりだ。

「そうですよ、先生。こうなったからには絶対応援してください」

思わず力が入ってしまった。とたんに内田が恐縮して、

「親父さんを差し置いて、申し訳ないことをしちゃったな」

というので、若葉は慌てて首を振った。

「そんなことないです。父のことは気にしないでください。たぶん本当は喜んでると思います。母のためにも」

「そうかな…。うん。そうだね」

若葉の毅然とした態度に、父の親友は、ゆっくりと噛みしめるように同意してから、首をすくめて笑った。

「いま、お母さんにいわれたかと思ったよ」

「母のためにも」。思いがけず口にした言葉だった。ひょっとしたら孝太郎の決意には、私だけでなく、母も関係しているのかもしれない。病院通りを駅まで急ぎながら、若葉は内田との会話を思い出していた。「こうなったからには絶対応援してください」。ほんと、ずいぶん生意

気な言葉だ。母はそんないい方しないだろうけど。
〈私も応援しよう。たぶんお母さんもそうするだろうから〉

会社の規定どおり、若葉は寛太が一歳になったら職場に復帰するつもりだった。しかし、若葉たちの住む街も首都圏のほかの自治体と同様で、希望していた保育所に入所できず、育児休業の延長を申し出ていた。仕事のほうが気になるものの、再燃したバセドウ病の治療にはむしろ好都合だったといえる。その後、別の保育所の一歳児クラスで、転居のため一人、空きが出るという知らせが入り、九月から週三〜四日、寛太を預けることになった。治療も今後は三カ月おきになるので、慣らし保育を始めるにはちょうどいいタイミングだ。

実は、休んでいる間に、若葉は自分のこれまでの治療の経過をまとめ、それをもとに出版物の企画書をつくり、会社に送っていた。病気の発症から、治療開始、妊娠、出産、そして再燃して治療を再開するまで、メモ程度の日記はつけていたが、それを何かの形で世の中に伝えようと考えたのだ。

そういえば、そんなふうに思い立ったのも、あの雪の日だった。甲状腺疾患について知らない人がどれほど多いか。甲状腺や甲状腺ホルモンのことを知るのは、自分自身の体を深く知ることだ。妊娠出産はもちろん日常生活を送るうえでも、それはとても大切なことなのではないか。内田の話を聞きながら、このことをたくさんの女性たち、また、その家族たちに知ってほしいという気持ちになったのである。

企画書の宛先は、ペアを組んでいたドS女子と、いまもバリバリの現役プロデューサー兼営業トップの社長の二人だけだった。ところが若葉は、九月に現場に復帰早々、この企画が社内全体のプロジェクトとして、すでに動き出しているということを知らされる。というのも、内々に周辺をリサーチした結果、甲状腺機能亢進症、低下症とも、治療中もしくは寛解期間にある人が、驚くほど多いことが判明したのである。中には、体の不調を感じながら、治療に至っていない予備軍も少なからずいて、話を聞いて、「もしかしたら」と病院を受診したケースもあるという。

「これはなあ、もう若葉だけの問題じゃないぞぉ」

育児と病気治療に専念している若葉に進行案件を持ちかけて、よけいな負担をかけられないから、ただただ若葉が復帰してくるのを心待ちにしていた社長は、久々の新規プロジェクトに張り切っている。ただでさえ拡声器といわれているのに、いつもより三割増しぐらいの声で、産休明けの若葉の耳にガンガン響く。

この企画に真っ先に乗ってくれたのは、若葉が担当しているベビーブランドである。職種柄、女性の甲状腺疾患に関する情報にもつねにアンテナを張っていて、若葉のバセドウ病にも理解があり、発症後の妊娠出産も、直営ショップはもちろん全社的に支援してくれた心強い存在だ。販促ツールの一環として、ユーザーの手元に長く保管される小冊子のようなものにできないかと、先方から打診があったという。

「甲状腺って、チョウチョみたいな形をしてるんですってね。私、全然知りませんでした」

取り急ぎ、社長と三人で開いたミーティングで、S女の後輩がいう。

「おー、チョウチョかぁ。そりゃ絵になるな。絵本みたいな仕様にできるかな」

社長のその言葉を聞いて、若葉は思い出した。いつか公園近くのギャラリーで見た不思議な絵画のことを。同時に、あのときの若葉自身の想いが、ぎゅっと胸に迫ってきて、思わず首元に手をやった。

再投与八カ月

甲状腺機能は正常範囲を維持している。

「次回、三カ月後に変調がなければ、プロパジール®は中止しよう」

「寛解、ですか？」

若葉の目が輝く。

「そう。寛解だね」

寛太はまもなく一歳半になる。慣らし保育を終え、毎日元気に保育園通いをしている。ママと別れるのが辛くて、わんわん泣いていたのはたった二日だけ。ちょっと拍子抜けするぐらいさっぱりしていて、母としては物足りないほどだ。年末に向けて仕事が忙しくなり、お迎えの時間にどうしても間に合わないときは、父に連絡すると、診察時間終了と同時に車を出動させてくれる。じいじの顔を見て走り寄ってくるのが、たまらないらしい。「俺と別れるのは辛いみたいだぞ」と、何を張り合っているんだか。

再投与十一カ月

甲状腺機能は正常範囲を維持している。プロパジール®の服用は中止。寛解だ。

「次回の受診は三カ月後。来月で再燃から一年だね」

内田の言葉に合わせて、二人同時に頭を下げる。

「お疲れさまでした」

顔を上げて二人、思わず吹き出した。

三月、孝太郎は無事、勤めていた製薬会社を退職した。聞けばずいぶん引き留められたらしい。海外と共同で開発したバイオ系の糖尿病治療薬がいよいよ認可となり、その作用機序の詳細を、孝太郎が最も的確に説明できるとあって、ここ半年は全国の学会、説明会に飛び回っており、若葉たちもめったに顔を見なかったほどだ。会社は手放したくないものだから、せめてあと一年と、年俸だの待遇だの、あの手この手で残留を求めたが、本人の意思は固かった。いわく「もう若くないので」。新卒の未熟者を並みの社会人に育ててくれた恩義は感じるものの、一刻も早く内分泌の専門医になりたい。その一心である。まだ少し地方巡業は残っているものの、それを片付けて、四月からは花の予備校生だ。

五月、若葉にとって忘れられない出来事があった。絵画『身体の記憶（甲状腺の誕生）』の作者、平尾陽子さんと、ようやく会う機会を得られたのである。甲状腺に関する小冊子の制作が本格的にスタートし、そのイメージアートとして、平尾さんの絵を使わせてほしいと依頼したのが、昨年の秋のことだ。依頼文と決定企画書とともに、若葉のバセドウ病備忘録、そして、『身体の記憶（甲状腺の誕生）』との出合いについて書いた手紙を送ったところ、年明けに、会って話を聞きたいと連絡があったのだ。スケジュールを確認してもらい、東京郊外にあるアートミュージアムでの個展の期間中に会うことになった。

ロビーで待ち合わせ、名刺交換をしているとき、どこからか合唱の声が聞こえてきた。

ミュージアムの裏手にある公民館で、地元中学の合同発表会が開かれているという。聞いたことのある曲。「あざやかな緑よ〜」で始まる、すごく昔からある歌だ。名刺に目を落とした平尾さんが、「若葉さん、いいお名前ですね」といったそのとき、ちょうど歌の最後のフレーズが、二人の耳に届いた。「かおる、かおる、若葉がかおる〜」。「あら」。平尾さんが小さく声を上げた。若葉も同時に「あっ」と声が出る。『わかば』。いまの季節にぴったりの曲だ。平尾さんは目を細め、「素敵」と、この偶然をとても喜んでくれた。

JASRAC 出 1902497-901

再投与一年二カ月

甲状腺機能は正常範囲。寛解を維持している。次回の来院は半年後。

寛太の二歳の誕生日を、こんどは瀬戸家で無事に祝うことができた。若葉のたっての願いで、甲斐家の両親の同席も実現した。長男の嫁の実家への、初めての来訪である。寛太を真ん中に、やっと家ぐるみの付き合いが本格化したような気がする。

都合をつけて、あとから駆け付けた内田に、義父母を引き合わせることもできた。本当は、孝太郎と話をするのが目的だったようだが、若葉は先日のことを黙っていられず、弟を差し置いて、一気に話し出す。かつて出合った絵画の憧れの作者と会えたこと。こんどつくる甲状腺の小冊子に協力してもらえそうなこと。そうだ、うっちーにも監修をお願いしたお礼をちゃんといわなくちゃね…。ほかの皆は何のことだかさっぱり分からない。内田だけが、「ほうー」とか「へえー」とか、いちいち感嘆の声をもらしている。ところが、合唱団の歌の話になったとたん、遠巻きにしていた一同の中から、壮一郎が、「それだ！」と大声を上げたのだ。

若葉の名の由来である。母の綾子が幼いころ、祖母によく歌ってもらった歌だという。戦中生まれで戦後育ちの祖母は、小学校で習ったこの歌の明るい旋律が大好きだった。いつのまにか綾子もこの歌を覚え、とくに緑の季節になると、しょっちゅう口ずさんでいた。

「何かこう、いろんなものが若葉に包まれている感じがするでしょう？　鳥居も、わらの家も、野山も田畑もって」

壮一郎はその話を、大して興味もなく聞き流していた。女の子が生まれたら若葉という名前にしたいと、綾子に提案されても、正直ピンとこなかった。実際、娘は九月生まれなんだし、若葉じゃなくてもいいだろう。そんなにこの歌の歌詞が好きなら、じゃあ、「かおる」でもいいじゃないか、などと茶化しても、綾子は頑として譲らなかった。

「若葉って、そういう意味があったのね」

義母の寛代が感に堪えないという様子で大きく嘆息した。荒れ果てた大地にも緑は育つ。悲しみや苦しみも覆い包む、健やかな若葉の力強さ。母の綾子が託した娘への想いが、皆の心のうちに沁みとおった。

再投与一年八カ月

甲状腺機能は正常範囲を維持している。つまり、寛解状態が続いているということだ。今後の来院は、一年に一度のサイクルに入る。実際、いまの若葉を見て、バセドウ病だと思う人はほとんどいないだろう。病気のことを知っている人も全く気にする様子はない。もちろんそれが普通である。若葉自身、たまたま甲状腺に関する冊子やパンフレットの制作にかかわっているので、忘れずにいられるだけで、そうでなければ自分自身も疑わしい。これが寛解というものなのだろう。

ただ、こういう時期こそ危ない。配慮のない行動をしたり、無理をして、再燃または急速に病気を悪化させる可能性もある。健康な人と変わりなく見えるからこそ、定期的に受診し、体のケアを怠らないこと。いま若葉たちがつくっているツールは、それを知ってもらうためのものなのだ。

「寛太君は、もう二歳半か。おむつは取れた?」

「はい」

次回、内田の病院を訪れるときには、寛太は三歳になっているわけだ。近ごろは言葉もだいぶ覚えて、口下手なじいじは、ときどきやり込められている。

「二人目は、考えてる？」

「えっ？」

唐突に聞かれて答えに窮してしまった。保育所にお迎えに行った際、零歳児の赤ちゃんを見たりすると、〈寛太にも弟妹がいたら〉と思うこともあるが、そのことについて、具体的に夫婦で話し合ったことはまだないからだ。

「二人目…」

確かにいまの若葉の体調であれば、二人目の妊娠を考えてもいいかもしれない。このまま再燃せずに出産までこぎ着ければ、寛太のときよりもずっと不安は少なくて済む。

「そうですね。自然に任せて」

内田は黙ってうなずいた。

秋になって、若葉たちが二年がかりで取り組んだ甲状腺についての絵本スタイルの本と、そのミニチュア版ともいえる手のひらサイズの小冊子が、ようやく出版の運びとなった。最初に名乗りを上げてくれたベビーブランドを筆頭に、衣料、食品、雑貨、化粧品など、多くの企業がスポンサーとして参加し、部数も当初の予定より大幅に増えた。関連イベントも企画され、参加者を中心にコミュニティも生まれ、ワークショップやセミナーの開催も計画中である。

監修を務めてくれたうっちーは、甲状腺疾患の患者同士が気軽に情報交換できる場が増えるのは大いに結構と喜んでくれている。反響は徐々に大きくなり、首都圏から全国に拡大しそうだ。若葉自身、これほど多くの女性たちが甲状腺の病気に悩み、また、相談相手も見つけられず、一人で不安を抱えたまま過ごしていたのかと、あらためて驚かされた。うっちーはじめ専門医の先生の講演も企画し、小さな会合では、自分自身の体験を語ることもしばしばある。

そんな若葉を、父の壮一郎をはじめ、徹や徹の家族も温かく見守り、寛太の世話を中心に、背後から全面的にバックアップしてくれている。イベントや講演の話が来ると、「おお、若葉が香ってるなあ」とチャチャを入れるのが、ここ数年の壮一郎の口癖だ。

再投与二年八カ月

甲状腺機能は正常範囲を維持している。

この春、孝太郎は一年間の浪人生活を経て、北大とはいかないが、無事、地方の国立大学に合格した。姉と違って、いままで何でもそつなくやりこなしてきた弟が、今回ばかりはものすごい破壊力を発揮し、後半は予備校にも行かず、自力突破を果たした。いわく「人生でこんなに勉強したことはない。十代のときの俺をしのぐ」と自画自賛である。とはいえ、志望動機は「北海道ほど寒くなくて、しかもスキーができるところ」と、いい気なものだ。

休みのたびに帰郷しては、いまや師と仰ぐ内田と、ついでに父親の壮一郎を交えて酒を酌み交わし、ハッパをかけられている。文系の徹が一人加わることもあるが、こんなことはかつてない光景である。呑気にやれるのはいまのうちだけだ。三年にでもなれば、めったに帰れなくなるだろう。人生でもっともっと勉強するのは、たぶんこれからだ。

そして、この年の九月、若葉はめでたく第二子を妊娠した。

妊娠中も、若葉は体調の許す限り、イベントや講演、セミナーに、主催者側として参加している。バセドウ病をコントロールしながら、第一子を出産し、家族の協力を得て、育児と仕事を両立させながら、第二子の出産に臨む。そんな若葉の生き方は、同じ病気の多くの女性たちの励みとなっているはずだ。

画家の平尾先生との交流も依然続いている。若葉の育児期間中は、独自のプロジェクトとして、甲状腺という小さくて健気な臓器の形状を活かし、見る人の視覚に訴えて理解を深めてもらうため、さまざまなビジュアル展開を一緒に模索していく予定だ。甲状腺の病気のことをできるだけ多くの人に知ってほしい。若葉の願いは少しずつ実を結び始めている。

二人目のつわりもかなり辛かったが、わずか二週間ほどで治まり、その年の正月を迎えた。

元旦には間に合わず、松の内ギリギリに瀬戸家へ里帰りした孝太郎が、珍しく神妙な顔をして、若葉を二階の母の仏間に呼ぶ。

「いってなかったけど、姉ちゃん、ありがとう」

「えっ、何それ」

「だってさ、姉ちゃんが病気にならなかったら、俺は医学部に入らなかったから」

「やだ、いまさら」

「ほんとだよ。姉ちゃんの病気が俺の人生を変えてくれたんだ」

「また、大げさな」と、いつものツッコミができない。そうなんだ。私が、私の病気が、孝太郎の生き方を変えたんだ…。あっ、と思った。「私、いってない」「何を?」「お父さんに、ありがとうって」「えっ、結婚式のとき、いったんじゃねえの?」「いってない」「えーっ、マジかよ」「行ってくる」「えっ、いま?」。

ダダダッと階段を降りる。リビングで機嫌よく遊んでいた寛太が、びっくりして振り向いた。

「おい！　息子の前で何やってんだ。おまえは妊婦だぞッ」

壮一郎が叱り飛ばす。そばにいる徹も苦笑いだ。若葉は息を切らして、

「お父さん、いってなかった。ありがとう」

「何が？」

「お母さんと結婚してくれて。私を、私と孝太郎を生んでくれて」

「お、おぅ」

変な返事。息をととのえようと、下を向き胸に手を当てる。その背中をポンポンと叩く温かい手。「その、なんだ、今年も、香れ、な、若葉」

＊　＊　＊

家に向かう坂道を、寛太が全速力で駆け上っていく。「おい、こら、待て」と呼びかけようにも、息が切れて声にならない。小学校の校庭の桜は、もうほとんどが散り切って、薄緑色の葉が午後の光を含み、きらきらと輝いている。

〈葉桜もいいもんだな〉

眺め下ろすと、花びらを落としたあとの小さな枝葉の固まりのそこここに、日差しがくまなく入り込み、校庭の乾いた土の上には、薄墨のような影が、まだら模様を描いて揺れている。

寛太も今年、年中さんだ。いろんなことが一気に押し寄せて、一つ、また一つと、何かを残しながら、ゆっくりと去っていった。そんな、ここ数年間だったような気がする。

綾子を失ったとき、何もかもなくしたと思った。もう自分の未来は、すべて消えてしまったとさえ感じて、早すぎる別れを恨んだこともある。しかし、いま自分のもとにある一つ一つは、みんな綾子が残してくれたものなのだ。

立ち止まり、先を行く孫の、なんとも愛らしく、そしてどこか頼もしくもなった小さな背中に目をやる。と、いきなり振り向いて、「じいじぃ～」と呼び、また駆け出した。手を振って、ゆっくりと歩き出す拍子に、壮一郎の口元からこぼれた。

「ありがとう」

日が暮れたら、臨月のお腹を抱えた若葉が帰ってくる。それまで二人で留守番だ。

五月九日、午後四時十七分、若葉の季節に、若葉は第二子となる女の子を出産した。

完

おわりに

甲状腺疾患をテーマに小説を書きたい。そう思い立ったのは、先に出版した『症例解説でよくわかる甲状腺の病気』の構想を練っているときだった。実は当初、二冊目は、一般診療科の医師をはじめ、医療関係者を対象に、専門医の立場から甲状腺の治療について分析する一冊目よりさらに詳細な解説本にしようとも考えていた。しかし、甲状腺のことを広く知ってもらうには、何より一般の読者に向けて呼びかけるのが第一だろうと思い直した。そして、それをぐっと分かりやすく、身近なものとしてとらえてもらうために、生活者目線での小説という形をとるのが、最も効果的なのではないかと考えたのである。

この物語は、若葉という一人の二十代の女性が、バセドウ病を患い、その治療を続けながら、結婚、第一子、第二子出産という人生の大きな節目を乗り越え、家庭でも、また仕事の面でも、大きく成長していく道のりを描いたものである。最初こそ、若葉の病気を一本の柱に、治療の経緯と甲状腺の働きを詳しく述べていくものにするというプランのみで走り出したのだが、書きすすむうちに、彼女を取り巻く家族の心情や、夫の家族との葛藤、社会との関係性、妊娠出産と、エピソードが次々に巻き起こってきて、自分でも驚くような展開となった。

何か事件が起きるたび、皆が悩み、考え、そして、なんとか最良の答えを出して、前へすすもうとする。その結果には、どんな形であれ、互いを思いやる気持ちがあふれ、その想いに触れながら、また、各々が成長を遂げていくのである。

実は、主人公の主治医を父親の親友にすることも、母親がすでに亡くなっているという設定も、ほんの思い付きから生まれたものである。ところが、ふたを開けてみれば、この二つの事柄こそが、物語をけん引する大きな力となった。とくに、主人公若葉の母親、綾子の存在感は際立っている。彼女の意志の強さ、夫と二人の子どもへの深い愛情が、登場人物全員を光り輝かせてくれた。ついでにいえば、弟を登場させる気など最初はさらさらなかったのに、彼も最後には実にいい仕事をしてくれた。

今回、本書の表紙に、私の高校の同級生である日本画家の平野淳子氏の作品を使わせていただいた。甲状腺の絵を描いてほしいという厚かましいお願いに、私の甲状腺への想いを汲んでいただき、作品の題材の一つとして取り上げてくださった。本書にも重要な場面で登場していただいており、ここで心より感謝を申し上げたい。

いま、甲状腺疾患に悩んでいる多くの人にとって、本書が、病とともにあっても明るく穏やかな日常を獲得する一助となれば、甲状腺専門医としてこの上ない喜びである。

この物語はフィクションであり、
登場する人物・団体等は実在のものと一切関係ありません。
ただし、治療に関わる部分は、
2019年3月時点での著者の臨床経験を基に正確に記しています。

若《わか》葉《ば》香《かお》る――寛《かん》解《かい》のとき

2019年5月22日　初版第1刷

著　者――山内泰介《やまうちたいすけ》
発行者――坂本桂一
発行所――現代書林
〒162-0053　東京都新宿区原町3-61　桂ビル
TEL／代表　03（3205）8384
振替00140-7-42905
http://www.gendaishorin.co.jp/

装画＋章扉（加工）――平野淳子
ブックデザイン――藤田美咲
イラスト・図版――株式会社ウエイド

印刷・製本　広研印刷㈱
乱丁・落丁本はお取り替えいたします。

定価はカバーに
表示してあります。

ISBN978-4-7745-1777-3 C0093